大表姐丹丹 著

全世界还有谁，比我们更绝配

天地出版社｜TIANDI PRESS

TO

· · · · · · · ·

时间是错的，年龄是错的，
身份是错的，有什么要紧？
只要你是对的，我们就是最配的！

TO

. . . .

我想最舒适的爱情，是安静的，温柔的。
像春天里的风，桌上刚沏好的茶，
午后阳光中微笑的你……
一切都是刚刚好。

TO

· · · · · · · ·

多年以后，我依然会记得，
天桥下人潮拥挤，K 先生第一次牵我的手，
方向是反的，出了一手心的汗。

TO

· · · · · · · · ·

我们没有高贵出身，也没有天生丽质，
原本都是平凡的女孩子，
有一天遇到了生命里的另一半，
他视你如珍宝，把你宠成这世间最高傲的公主，
还有什么比这更幸福？

游戏比女朋友好玩

你能不能陪陪我啊，人家好没意思。

等一会儿啊，玩完这一局。

玩玩玩，就知道玩游戏，你就不能玩一下我吗？！

昨天玩过了，今天不玩了。

整治离家出走的男人

你给我滚……！

有种走了就别回来。

滚就滚！

一个小时过去了……

媳妇怎么还不给我打电话?

自己冻得灰溜溜地回来了。

行李都给你收拾好了,
快滚吧。

……

我交了房租,我才不走。

喝酒到半夜回家的男人

怎么又喝多了?

没喝多, 不信你考我。

你怎么不按套路来,
上次还是加减法呢。

102÷15 等于多少?

夏天，天气变幻莫测。K 先生来找我，还没出地铁就下雨了。
我拿着两把伞去地铁站接他。
他出来，非要跟我挤着撑一把伞走路。
我说："明明有两把伞，干吗挤在一起，这样都会被淋到。"
K 先生一边搂着我一边说："放心，不会淋到你。"
结果回到家，我身上一点都没湿，他身上湿了大半。
其实他的小心机，我都懂，好不容易见一次面，从地铁站到
家里的这一小段时光都不能浪费。

爱，就是让你做自己，
想闹就闹，想哭就哭，想笑就笑，想作就作。
不将就，不迎合，不委屈。
他见过最真实的你，也见过最糟糕的你，
却还是离不开你，才是真正爱你的人。

恋爱中的女生三大问题：
你在哪儿？和谁？几点回来？

恋爱中的男生三大问题：
她咋生气了？她咋又生气了？她咋还生气呢？

目录 contents

Chapter 1

余生很长，
要和有趣的灵魂在一起

逗你，撩你，虐你，气你，

和你在一起，每一天都是新鲜的。

智障满级男友

001

我和 K 先生还处于暧昧阶段的时候。

和朋友约好去唱歌，我和 K 先生在她家楼下等她换衣服。

北京四月份，晚上有风，还是感觉挺冷的。

我们面对面站着说话，突然吹来一阵风，我就把头靠在他身上躲着。

K 先生突然扶起我的脑袋，问："是不是冷啊？"

我说："嗯，有点冷。"

于是，K 先生把我拉起来一边走一边说："来，我们到屋檐底下站着，这样就没风了。"

……当时，我真是想吐一口老血，大声告诉他，你是不是傻！老娘都靠在你身上了，直接把我抱在怀里不就行了吗，竟然把我拽走了。奈何宝宝心里苦，但是不能说啊！女孩子的节操还是要有的，矜持还是要有的！

真是活该找不到女朋友！

002

夏天，天气变幻莫测。K 先生来找我，还没出地铁就下雨了。

我拿着两把伞去地铁站接他。

他出来，非要跟我挤着撑一把伞走路。

我说："明明有两把伞，干吗挤在一起，这样都会被淋到。"

K 先生一边搂着我一边说："放心，不会淋到你。"

结果回到家，我身上一点都没湿，他身上湿了大半。其实他的小心机，我都懂，好不容易见一次面就要挨在一起，从地铁到家里的这一小段时光都不能浪费。

003

我和 K 先生第一次正儿八经地约会，是去看电影。

当时我选的电影是《笔仙》，因为我喜欢看惊悚片，苦于平时没人陪我看，心想这回终于有人可以陪我了。

没想到，到了电影院，我一直都是很淡定地坐在那里，K 先生却在一旁吓得不轻。刚开始只是缩着脖子，瞪着眼睛，咬手指头（超级可爱），后来出现恐怖的画面，就直接抱我胳膊。他自己害怕就算了，还问我害不害怕，想趁机吃豆腐，要抱我。

我拍拍他说："没事，我不怕！我跟你讲，你要想象这些都是假的，用了××道具拍出来的，就不害怕了。"

一出电影院我就各种嘲笑他。一个兵哥哥，看个惊悚片竟然吓成这个屌样。他却一个劲儿地说我变态，一个小姑娘，爱看这玩意。

K 先生第一次是硬撑，见我毫无畏惧，趁机揩油的计划泡汤，以后再也不答应陪我看恐怖片了。

男人真猥琐啊！

　　K 先生第一次牵我的手，是我们一起过马路。

　　他站在我旁边，还是那种想牵你又不敢的样子。我就在心里偷笑，但是也不主动，就看他到底敢不敢。

　　终于他说："走，绿灯了。"然后装作若无其事，特别淡然地牵着我往前走。

　　走了很远，他一直也没有松开的意思。我终于憋不住了："哎呀，你这样反着牵我，胳膊拧着，快难受死了。"说完，我就把手抽出来，重新牵着他，"要这样牵着姑娘，知道不！"

　　他当时就很囧的样子说："噢噢，这样啊。"

　　"哈哈哈，你手心怎么出这么多汗呀！"

　　他就更害羞了："这不是天热嘛……"

　　跟 K 先生约好去吃饭，在路上走着走着，在我身后的 K 先生突然笑了起来。

"笑什么呢？"

"刚刚过去的那个哥们儿太猥琐了，他先瞟了一眼你前面那个女的，然后又往你身上瞄，特别猥琐！"

正值夏季，我前面那个女生穿着牛仔短裤，我穿的是一条短裙。

我一脸无语："喂，人家看你女朋友，你竟然在这儿乐？"

"不是，我马上用恶狠狠的眼神瞪了他，但是他完全没有看到，注意力都不在我身上啊。"

"那你也不至于笑成这样吧。"

"我就是觉得，哥们儿太丢人，怎么会有这样的男人……哈哈哈，他眼神就这样的……"他还一边说，一边学给我看。

"你是傻狍子吗，人家偷看你女朋友，你还在这儿笑，给我滚！"我毫不犹豫地踢他一脚。

"那我也不至于上去揍他吧。"

"滚！"

"那要不我偷看回来？"

"你敢！"再踢一脚。

我可能有个假男友。

一天凌晨五点多，我起床去卫生间。

卫生间是玻璃的那种，里面可以看到外面，只见 K 先生睡梦中右手摸了一下，左手摸了一下，都没找着我，突然腾地坐起来，睁着困意蒙眬的眼，天花板、床底下满屋看，嘴里嘟囔着："咦？宝贝呢？"

昨天晚上跟他吵了一架，本来我是很气的，我还生着气，他竟然在一旁睡着了，还有比这更气人的不？看到他这个样子，我又欣慰又觉得好笑，估计他也知道我气未消，心里不安稳，才会这样。

我只好冲着外面喊："别找了，我在卫生间呢。"

听见我说话，他很放心地"哦"了一声，接着往床上一仰就睡着了。

那种迷迷糊糊、意识不太清醒，还知道找你的样子，特别可爱。

一大清早，K 先生跟我说："昨天夜里我梦见你给我打电话了。"

我给他发了个疑问的表情，默默地装作啥都不知道。

他接着说："气死我了，你说你睡不着，非要拉着我聊天。"

我："……为啥生气呀？"

他说："我睡得正香呢。"

我："那就不能给你打电话呀？"

他说："能啊，这不是做梦嘛。"

凌晨 2 点 12 分，因为失眠，我给他打了三分钟电话，看他迷迷糊糊地跟我说话，我就挂了。

这个事情我不准备承认了，就让他认为是做梦吧。

半夜骚扰别人总是不好的。

008

K 先生下班回来跟我说："今天干了件丢人的事。"

我以为他这个职场新人办了什么糗事，忙问："咋啦？"

"早晨赶公交车，车来得快我就没来得及过马路，直接连跳了三个栏杆。我听见后面有人说：'哇，这么厉害。'"

"噗……以后不准跳了！这不是百米障碍，多危险啊。"

哈哈哈，马路中间那种比较高的栏杆，他"嗖嗖嗖"连跨了三个，引得后面路人一阵惊叹……想想这个画面我就要笑出眼泪来。

009

收拾书柜，把旧相册翻出来了，里面都是我小时候的照片。

"老公，快来看我以前的照片。"

K 先生一边看照片一边说："啧啧，都说女大十八变，你没咋变样啊，小时候就那么胖。"

"你说什么？说谁胖呢？"

K 先生见我生气，马上改口说："变了，变了，小时候太磕碜了，现在简直就是女神！"

"说谁磕碜呢？！"

有个不会唠嗑的男朋友，分分钟想掐死他。

010

去牙科洗牙，医生建议我牙齿矫正，现在流行隐适美。被医生一番套路之后，我有些心动了。

"亲爱的，医生建议我戴牙套呢。我牙齿不齐，这样刷不干净，而且会有牙周炎、牙龈萎缩。"

K先生："多少钱？"

我："国内的三四万，进口的五六万。"

K先生突然一头栽在沙发上做装死状。

我一脸惊讶："你干吗呀？"

K先生缓缓站起来，幽幽地说："对不起，刚才吓晕了。五六万是吧？不贵！我觉得把自己养养，去卖个肾应该够。"

"……"

要不要全身都是戏。

日常吵架找茬

001

吵架闹分手，约好去一家越南餐厅吃散伙饭。为此我还特意花了三十块钱去理发店做了个造型，穿着新买的碎花裙子。（分手可是人生大事，一辈子能跟几个人说分手啊。）

K 先生看见我，一脸色眯眯地上下打量了一番："哎哟，裙子不错啊，头发卷得也挺好看。"

我冷哼一声，斜眼看了他一眼，没搭理他，叫来服务员点菜，心想什么贵点什么，以后再想宰他也不容易了。

越南河粉、菠萝饭、虾卷……不知道点的是什么，第一次吃。

真是难吃得我快哭了！！！

终于再也忍不住抱怨道："这都是什么鬼东西，这个树叶子好难闻，难吃死了！"

他扑哧一下就笑了："你说你一本正经地要挑一家像样的餐馆吃散伙饭，这么难吃，我都没敢吱声。我看前面那家拉面馆就挺好的。"

"在拉面馆吃散伙饭，你觉得合适吗？"我用故作认真生气的表情盯着他。

"不合适，不合适，你想吃什么就吃什么，吃吧，多吃点。"说着他往我盘子里夹了一堆菜。

我把盘子向前推了推："这么难吃，你还让我多吃点？这么贵，不许浪费，你全部吃完！"

然后，我们就和好了。

002

七夕情人节，和 K 先生约会，先去吃饭，然后准备逛逛商场，买买东西。

　　从下地铁开始他就抱着手机玩游戏，一直到商场餐馆点菜还在玩儿，一点都没注意到我早就开始冷脸了。

　　最后我终于压制不了心中的怒火，筷子一摔："吃毛线，不吃了！好容易见一面，你就抱着手机玩儿，出来约会干吗，你躺在家里玩手机好啦！"

　　接下来，我们就在步行街上一直拉拉扯扯地吵架。吵着吵着我看了一眼手机，发现已经十点多了，"哇"一下就哭出来了。

　　他一看我哭就有点蒙圈了，赶紧在我旁边坐下来，搂着我："你别任性了，我错了。怎么还哭上了？"

　　"错在哪儿呀？"

　　"我不该玩手机。"

　　"这是重点吗？"

　　"呃，重点是什么？"

　　"你看看时间，现在都十点多了，时间全浪费在吵架上了，商场要关门了，礼物都没了。"我一边说一边哭得更委屈了。

　　"怪我，怪我，明天给你补行了吧。"

　　"明天？明天又不是情人节，有什么意义啊！"

"那晚上我免费陪床行吗？"

"滚蛋！臭不要脸。"

003

有一次闹分手比较严重，史无前例，已经超过三天没有联系了。

那时还没住在一起，周五晚上十二点，K先生打电话来说："你在干吗呢，我好无聊。"

"没干啥，看电影。"我没好气地说。（心里暗自高兴。）

"我去找你玩吧，一个人没意思。"

于是大半夜的，我们约在元大都公园碰头。各自打车，他往东走，我往西走。

想象中在夏日凉风里，赏赏月亮，闻闻花香，谈谈心，应该是挺浪漫的一件事儿。

谁想我们坐在长凳上，四周的蚊子就不停地嗡嗡直响，完全打乱了我们美好浪漫的约会计划。

K先生打开手机APP，发现宾馆全部满房，周围的小旅馆也全都满了。

他一脸愤愤地说："哎，这些人没事，周末全都出来约会了！"

找不到休息的地方，我们只好绕着大街闲逛，最后找到一家麦当劳点了些吃的东西，一人又点了一大杯咖啡，一直侃到清晨，天南海北地聊，从小时候尿裤子的事说到未来规划，从同学、邻居说到同事……

后来，朋友说，你们就是两个神经病啊，都处好几年了，还跟刚认识的小情侣似的在外面逛一夜。

现在想想确实挺傻的，为啥非要在外面熬通宵，第二天累得跟孙子似的，既然和好了，就各自回家、各找各妈不好吗！

爱情或许就是两个人一起犯傻吧。

004

有一次跟 K 先生闹分手，他半夜两点给我打电话。

一听声音就知道他喝多了，不时还传来打嗝的声音。

"你又喝多了是吗？"

"你是不是要跟我分手？"

"是！"

"你……"还没说完，就传来一阵呕吐的声音。

我说："傻×，你现在在哪儿呢？喝了多少酒？"

"我趴在卫生间呢，喝了十来瓶啤酒，怎么了？"

你们可以脑补，那种一边打酒嗝一边说话、又喊又叫、中间停顿无序的场景。

我说："你回床上睡觉去！有什么事明天说。"

"我就问你是不是要跟我分手？！"他又喊了起来。

"行行行，不分了。乖乖睡觉去！"

第二天我给他打电话，他竟然什么都不记得了。后来还说是我主动找他和好的！

我深深地怀疑这家伙要不就是装喝醉，要不就是装失忆！

005

有一天，我发现K先生给女同事发了一个从来没给我发过的表情！

因此，我们吵架了！

"凭什么给你女同事发你从来没给我发过的表情？"

"只是一个表情而已。"

"不行！我没有的，你就不准给别人！"

"我真是无语了，那就是我新收藏的一个表情。"

"我男朋友没有给过我的，就不准在别人那里有！你是不是对我无所谓了？你是不是想在别的女人面前展示你风趣、幽默的一面？"（女人一发火，就越说越来气。）

但是，这家伙竟然捂着耳朵不愿意听，躺着要睡觉。

看他这个态度我就更生气了，吧啦吧啦一堆还是不理我，气得我都要揭房子了。

"我都生气了，你还不管我，你是不是想气死我？"

"我不想跟你吵架，我要睡觉。"

"你给我滚沙发上睡去！"我一边说一边很生气地把被子掀了起来。

他爬起来抱着被子，关上灯，径直就躺沙发上去了。

他竟然不理我！竟然真的去睡沙发！我心里这个气呀，"刺溜"一下下了床，把灯打开，一副要吃人的表情站在他旁边看着他。

但他还是不理我，我又想哭，又气得想揍他。

"啊，啊，啊！我要跟你分手！你一点都不在乎我，根本就不管我生不生气！"

"你别跟我闹了，行不行？"

"我要跟你分手，明天就分！"

"分就分！我真是受不了你了。"

"好！！！分！！！"

气炸了，他竟然敢同意分手？竟然同意了！最后一句话我几乎喊得声嘶力竭，然后就气呼呼地躺床上去了。由于刚刚喊得太厉害，嗓子有点难受，一个劲地干咳。

咳嗽了好几次之后，这货黑暗中端着水杯走过来说："喝点水吧。"

我喝了几口，然后装作还很生气的样子躺下去了。（其实我知道自己有点小题大做、无理取闹，但是他一副不搭理我的样子，我真的是要气死了。听见我咳嗽他就默默地端着水杯过来了，我心里一下子就没火了。）

没想到这家伙放下水杯之后，直接爬到床上来了。

他抱着我说："别生气了，我错了行不行！"

我在他怀里挣扎着，生气地说："你不在沙发上睡，跑上来干吗？刚刚不是已经说好了要分手吗？"

　　"分啥呀，分了，我晚上去哪儿搂着这么个如花似玉的大姑娘睡觉啊。行了，乖，别闹了！"

　　然后我就乖乖地抱着他脖子睡了，此时已经凌晨两点。

　　开始因为什么吵架来着？一个 QQ 表情啊！事后想想自己真的挺作的，哈哈。

日常莫名提问

001

睡觉之前比较多愁善感，我拽着 K 先生问："你说说你喜欢我什么？"

"不知道啊，就是喜欢呗。"

"那总得有原因啊，我有什么地方让你喜欢的啊？"（我是想让他夸我，这暗示还不够明显吗？）

这货真是太不上道了，稍带着不耐烦说："你说你一天到晚都在想啥，喜欢就是喜欢呗，喜欢你这个人，要不干吗跟你在一起这么久啊。"

夸我一句贤良淑德、温柔大方、聪明美丽能死啊。算了，老娘不跟他计较，一声怒吼："难道你跟我在一起，不是因为贪恋我的美色吗？！"

K先生笑得人仰马翻说："是是是！就是贪恋你的美色。"说完就色眯眯地过来亲我。

"滚啊！不要碰我！"

002

"亲爱的，你猜今天是什么日子？"

"今天是什么节日吗？"

"青年节，你都不知道吗？！"

"噢。"

"那我们过节吧。"

"这节日有啥好过的。"

"不管，反正今天是个好日子，得庆祝下。"

"那晚上做好吃的吧。"

"不吃。"

"你想干吗？"

"想买裙子。"

女人过什么节不重要，只要能找到借口讹你就好啦。

003

"亲爱的，你最喜欢的女明星是谁？"

"刘亦菲吧，挺有灵气的。"

"那我跟刘亦菲谁好看？"

"这还用问……当然是刘亦菲啊！"

"她好看你去娶回来过日子吧！"

"你看你，说点实话，你又不高兴了。你找个丑点的比行不行啊？"

"行，我找个丑的……那个说话声音特别嗲的人是谁来着？对……林志玲！我跟林志玲谁好看？"

K先生满脸黑线，用一副违背良心的表情说："绝对是你好看！"

"哈哈哈，我好看对吧？"我在笑得合不拢嘴的同时，又自黑了一句，"你是不是瞎了？"

K先生不识相地说："对啊，就是瞎，不瞎怎么能看上你。"

简直了，给他点阳光就想灿烂。我对他勾勾手指头："哈哈，过来，过来……"

"干吗？"

"没事，咱俩谈谈心啊。"

"我瞎了，看不见路。"他一边说一边往客厅跑。

接下来的画面就是我满屋追着他，一边咆哮一边拳打脚踢。

004

"亲爱的，你那么喜欢我，说说我的优点吧！"

"我没那么喜欢你呀！"K先生不屑地说。

好吧，我今天不想跟他计较喜不喜欢我这件事，重点是后半句！"就假设你很喜欢我，说说我的优点。"

"呃……爱一个人是不需要理由的。"

"好吧，那你说说我的缺点。"

"懒笨馋凶矮胖圆……"

站在旁边一脸蒙圈的我，正在寻找武器。

005

在朋友圈看见人家的婚纱照，拍得那叫一个文艺小清新，内心羡慕不已，想嫁人的冲动骤然而生。

"亲爱的，你看看我的手。"

K 先生盯着我的手，疑惑地问："怎么了？"

我举着左手在他眼前晃来晃去："你仔细看看，是不是缺点什么？"

他把我的手抓起来，故作认真地看看掌心，看看手背，说道："啧啧啧，你该减肥了，小手胖得跟猪蹄似的！"

我："……"

006

我抱着 K 先生撒娇："老公，老公，谁是你的宝宝？"

"你啊！"他低头看小说，眼皮都没抬一下。

我嘟嘴生气："你……你是指谁啊？"

"丹丹。"他依然低着头，正眼都不看我一眼。

我生气，加重语气问："丹丹是谁？！"

这家伙终于放下手机，抬头，傲慢地看了我一眼："好像是一个傻货！"

"你大爷的！"

我跟 K 先生抱怨说，这个月信用卡又刷爆了。

他说："你这么穷还想吃好的、穿好的，不知道节俭一点啊！"

"这叫有志气，懂吗？"

"你的志气就是会败家啊？"

"每一个成功的老爷们背后都有一个会败家的女人，你的女人不败家说明你不成功！我在给你长志气啊！"

他："……"

008

吃完晚饭，和妹子聊北京生活艰难的问题。

我说："我们努努力，买房买车，但是孩子以后上学怎么办？还是得回老家。"

妹子就嫌弃我："你自己要是真努力，赚到钱就会有办法，你这都是没有远见。"

我说："这跟赚钱也没直接关系呀，这是客观事实。要不国家政策改了，要不我们有北京户口。"

妹子："那你想办法落北京户口啊。"

我说："你说的这些都不是实际能解决问题的办法，落户口别做梦了，我们又不是什么高端技术人才，积分落户不知道多少年以后……"

K先生突然站起来插嘴说："哎呀，怎么不可能？"

我和妹子以为他有什么高招，他接着道："你换个男朋友，我换个女朋友，不就行了吗？"

当时我和妹子顿时蒙圈，然后同时笑喷。

有幸遇见你

我一度嫌弃 K 先生不时尚，不能像韩国"欧巴"一样帅瞎我的眼。

他在部队一直都是寸头，一年四季便装就那么几件，让他卷裤腿、穿板鞋，那比杀了他还难，送个双肩包给他，就没见他背过。金银首饰，那就更不能佩戴了，七月去日本旅游特意给他买了块手表，到现在还放在盒子里。

后来，我懒得管他，干脆什么都不给他买，反正他用不着。

直到有一次，K 先生部队放电影，对外开放，我拉了很多小伙伴一起去。

K 先生老远出来接我们，小伙伴们一见就惊呼："哇噻，你男朋友好帅呀！"

只见 K 先生穿着军装，打着军用领带，戴着黑色皮手套，身板倍儿直，棱角分明，一身正气，简直就是女孩子梦想中"兵哥哥"的样子嘛。以前，K 先生每次出来找我都是便装，他军装的样子我只是在手机里看过照片，这还是第一次看见真人移动版。

那一刻，我觉得他闪闪发光，比任何韩国"欧巴"都帅！

002
∞∞∞

K 先生退伍之后，我们就住在一起了。

他每天起得比我早一些，临走的时候正好叫我起床。

有一天早晨他起晚了，着急忙慌地就走了。而我还一直在床上呼呼大睡，醒来后一路狂奔到公司，还是迟到了。

当时正好是月底，之前每天都是按时打卡，心想这个月不错，可以拿到全勤奖了。

"呆货，你今天早晨为什么不叫我起床？我迟到了三分钟！"

"哎呀，对不起，我一着急就忘了。"

"忘了？你知不知道我的全勤奖奖金没有了！一百块没有了！"

"不就一百块钱吗？没有就没有了呗！"

"这不是一百块钱的事儿，这离月底还有三天，多可惜呀．就因为你没有叫我起床，我前面二十多天的努力都白费了！月底考勤的时候，人力的同事还会给全勤的人画个笑脸的！"

"你要几个笑脸，我回家给你画。"

"滚，给我一百块！"

"真是财迷心窍，快去微信拆红包吧。"

原来从一开始我抱怨的时候，他就发了红包给我，名称是"一年的全勤，哥包了"。

003

K 先生和我住在一起之后，他的体重就开始飙升，腹肌消失了，肚腩起来了。

有一天 K 先生在镜子跟前照来照去，我说："你干吗呢？"

他一本正经地跟我说："亲爱的，我好像胸下垂了。"

"噗……哈哈哈哈，什么胸下垂！你那是胖的！"

而我那时候体重也飙了五六斤，"心宽体胖"这句话是没错的，自从我们在一起之后，每天就是无忧无虑地吃喝玩乐。商量之后，我和 K 先生决定每天晚上去元大都公园跑一圈，不能再这样自甘堕落下去。

K 先生先帮我做了拉伸，跑的时候又教我怎样吸气呼气，然而并没有什么用，三公里之后，我直接"葛优瘫"一屁股坐在路边的凳子上，说什么都不起来了。

"我宁愿每天挨饿，也不跑步了，我要死了……"

K 先生气定神闲地坐在我旁边，一边帮我揉腿，一边说："哎……我在部队的时候，早起就是先跑五公里热身。"

"你是不是一点都不累？"

K 先生特不屑地说："不累，我这都没开始呢。"

"行！你背我回家吧，宝宝腿软，一步也走不动了。"

K 先生满头大汗地背了我一段路，就撑不住了，以后再也没说过要带我出去跑步。

时间过得飞快，不知不觉就走完了订婚、拍婚纱照的流程，接下来就是扯证。

可能我们两个都是比较神经大条的人，一步步就觉得按流程走就行，基本上没有因为彩礼多少啊，买车啊，买房啊，买多大钻戒等等这些事情有过争吵。（可能是因为穷，没有什么好吵吵的，哈哈哈哈。）

总体来说，就是并没有什么仪式感，直到我跟 K 先生去民政局的路上。

我说："我们马上就领证了呀。"

K 先生说："怎么啦，是不是很激动？"

我："激动啥啊，突然觉得好不开心，我就这么从黄花少女变成已婚少妇了，然后就从我们家户口本上跑到你们家户口本上了。非常不开心！"

K 先生搂着我说："放心吧，我会一辈子爱你、对你好的。"

K 先生一路都在安慰我，我还是很失落，虽然领结婚证是很开心的事，和 K 先生一路波折，修成正果也确实不易，但就是高兴不起来。这一刻就是很舍不得自己的父母家人，我们一家人的名字在户口本上几十年，今天突然就从这个家分离出去了。

领完证出来，我给家里的微信群拍了照发过去，说："领完证了，好不开心。"

我爸发消息说："祝贺你们，老爸很高兴。"

我跟 K 先生埋怨："你看我爸，一点都不伤感，不觉得自己失去了个女儿吗？"

K 先生说："那当然了，老闺女好不容易嫁出去了，能不高兴吗！"

暴打一顿！

"行了，我这第一天当你亲媳妇，你就没有什么话要对我说吗？"

"我会一辈子……"

我打断他说："行啦，别整天一辈子、两辈子的，说点实际的。"

K 先生说："要是不好，你就随时换行吧？咱家财产都是你的。"

……

这话听着怎么这么别扭呢。

算命先生看了 K 先生的掌纹，说他生命线、事业线都很好，就是感情上要受女人的气，女方总会跟他闹。

我一脸傲气地对他说："你就认命吧，换了别人你也一样会受气，这是命中注定的。但是你要知道，你和别人只能是匹配，只有和我是绝配。"

K 先生盯着他的掌纹看了半天，叹气道："难道老子只能认栽了？先生你再好好看看我有没有二婚的情况。"

"你说什么？告诉你咱们家没有离异，只有丧偶！"

K 先生比我小五岁，我们领证之前恋爱了五年，其中有四年时间他都在部队里。

那些年聚少离多，吵吵闹闹，双方父母也都反对我们在一起。在这个没有天灾人祸、没有乱世的年代里，这些曲折也足够让我们备受折磨。

我们没有在正当好的年龄相遇。

也没有在正当好的时间里相爱。

我以为我们终会曲终人散，天各一方。

如今却顺顺利利领了结婚证，真的像做梦一样。

二十五岁的我，担心三十岁的时候 K 先生不娶我怎么办。

如今三十岁如约而至，K 先生没有辜负我，我也越来越依赖他。

时间是错的，年龄是错的，身份是错的，这有什么要紧？

只要你是对的，我们就是最配的！

互撩小套路

001

K 先生吃完饭，又跑去玩游戏。

我走过去从后背抱住他，撒娇说："你能不能陪陪我啊，人家好没意思。"

"等一会儿啊，玩完这一局。"

我怒吼："玩玩玩，就知道玩游戏，你就不能玩一下我吗？！"

K 先生风轻云淡地说："昨天玩过了，今天不玩了。"

我："……"

想到了开头，没想到结局。本来想调戏一下他，没想到反被嫌弃了。

002

"老公，你觉得女孩在床上跟男孩说得最多的一句话是什么？"

"不知道啊。"

"你猜嘛！"

"呃……用力？一定是这样。"

"太猥琐了，是你压着我头发了！你说你一晚上要扯我多少回头发，睡着觉就被你给扯醒了。"

003

为了看电影方便，我充了某视频网站的会员，K先生和我共用一个账号。

有一天，我点观看记录发现有七八个视频记录，全是那种女孩穿着暴露、跳舞的视频（你们懂的）。

我把截图发给他看。

"哎哟，可以呀，这些姑娘好看吗？"

他连忙否认："这不是我看的，我把账号告诉了一个同事，可能是他看的。"

"呵呵呵，就是你看的也没关系啊，我也不会说你什么的，男人嘛，很正常。"

"真不是我看的。我硬盘里有500G影片，用不着看这么低级的玩意儿。"

"你说什么？500G？主角都有谁呀？……回家你放给我看看啊！"

他："……"

004

我一边翻手机看着某宝特价宣传，一边说："老公，我想买裙子。"

K先生用特别肯定的语气说："我给你买吧。"

我顿时开心得不行："好啊，好啊，啥时候买？"

"等我心情好的时候吧。"

"什么时候心情会好？"

"我看这个星期都够呛。"

你是在逗我！

005

我出差前一晚，K 先生帮我收拾行李。

我说："你漂亮可爱的媳妇要出差去了，坐火车的时候遇到帅哥，跟人家跑了你可咋办呀！"

K 先生一脸不屑地说："可能你旁边坐的是猥琐大叔。"

很不巧，第二天我旁边坐着的还真是一个帅哥。

我假装自拍的时候，偷偷把帅哥拍了进来，发给 K 先生。

"帅哥看到没有，等着你漂亮可爱的媳妇儿红杏出墙吧。"

K 先生："呵呵，哪里帅？"

"至少比你时尚。"

"在头顶上扎个辫子就时尚了？"

"哼，懒得理你。"

发完消息，我有些困了，正要睡着的时候，手机响了一下，我没看。没过一会儿，又接连振了好几下，真是烦死了，我眯着眼睛一看，全都是 K 先生发来的。

"你喝水了吗？"

"吃东西了吗？"

"动车空调开得低，穿件外套。"

"不要勾搭男人。"

我回："呵呵，假模假式地关心我，最后一句才是重点吧。"

K 先生："我对你的长相很放心，就怕那个男的万一瞎了呢。"

我："……"

006

晚上跟 K 先生一块儿去公园散步，不知怎的就说起女孩晚上回家被劫财劫色的案例。

我一边蹦蹦跳跳地摆着架势，一边走着路说："老公，你快教我几招防狼术，我要学会保护自己。"

K 先生一脸不屑地说："学什么学，不用学。"

我以为他的意思是他会保护我，不用学，但我还是撒娇地说："不嘛，你就教我两招。女孩走夜路多危险啊。"

他意味深长地看了我一眼，一边摘掉脸上的口罩一边说："如果有人劫你色，你就这样赶紧把脸露出来给他看不就行了吗？"

追着他暴打！！！

007

我在追剧，信号不太好，总是缓冲。

我跟 K 先生抱怨说："今天的网是怎么了啊，老是缓冲。"

然后，我抱着手机在屋子里转圈。

他看了我一眼说："可能是你姿势不对，要不你来个金鸡独立试试。"

我给他一个大白眼："我给你来个一字马好不好啊？"

008

五一三天假，我和 K 先生一直宅在家里，基本上都是凌晨睡，下午起。

第三天我终于按捺不住了，对 K 先生不满意地说："作为一个男人，你能不能有些责任心，为我们两个人找一些浪漫的、刺激的事情做做啊。"

"都老夫老妻了，还要啥浪漫刺激啊？"

我在床上打滚："不行，我受不了了，我不要这样虚度光阴！"

K 先生挤眉弄眼地说："那夜半无人时，我带你去小树林怎么样？"

"滚！"

009

晚上加班看稿到十二点，洗漱完躺床上就接近一点钟了。

一方面觉得自己很勤奋，一方面又觉得不公平，明天还要按时起床去上班。

"宝宝今天加班这么晚，心情很不爽，好想报复社会。"

K 先生说："你不会是又想叫夜宵了吧？"

我说："No！No！No！我想到了一个更好的报复社会的

方法。"

　　K 先生疑惑地问："呃，又想到什么了？"

　　"哈哈哈，就是把你给睡了！"

　　"睡我怎么就是报复社会了？"

　　"睡你就是为民除害啊，要不你一身发春的种子，出去作奸犯科的话，可咋办。"

Chapter 2

只要是你，
晚一点也没关系

不管未来有怎样鸡零狗碎的烦恼、
生老病死的坎坷，只要他这样一直在我身边，
我就什么都不怕了。

和兵哥哥恋爱是一种怎样的体验

刚开始觉得自己找了个兵哥哥当男朋友，心里特别开心，因为女孩子嘛，都有一种军人情结。兵哥哥多帅啊！穿上制服多酷啊！身材多好啊！威武阳刚、一身正气啊！

谈恋爱以后才发现自己掉进坑里了，还是深不见底、异于常人的大坑！

001

有个军人男朋友的心情大概是这样子的：

要习惯他来无影去无踪。

要习惯他规规矩矩的作息制度。

要习惯他绝对的直线思维、大男子主义。

要习惯他不懂浪漫，不要期待他会给你什么节日惊喜。

要习惯这个男朋友更多的时间只在手机里。

K 先生在部队的五年里，我们最多一周能见着一次，长的话就一两个月。没错，他的部队在北京，而我在北京工作，但是军队驻地都是很偏远的地方，虽然同在一个城市，感觉跟异地恋也没什么差别，再加上他的身份障碍，我觉得比异地恋还苦！

约会的话，要挑离他部队最近的地铁站和商场。为什么？因为如果遇到什么突发情况，方便他半个小时以内能打车回去。而且，他每次请假出来都必须控制在四个小时以内。

没错，四个小时。去掉来回路上的时间，我们每次约会，连三个小时都不到。

三个小时可以做什么？

要是好好吃一顿饭，谈谈心什么的，其他的事情就别想了。

要想看一场电影，就别想着逛商场了。

要想逛商场，就不要想着坐下来吃饭，只能随随便便买点零食。

总之，只能做一件事儿，还总是急，总是赶时间！

但是，为了这几个小时的约会，我要从上午就开始准备，洗澡、洗头发、穿上最好看的裙子、化上最漂亮的妆……想想也是心累，感觉对不起自己这一天的精心准备。

和 K 先生在一起的时候，只要他电话一响，我们就提心吊胆。怕一个电话打来，他就得立刻赶回去。这种事情时常发生，比如一顿饭还没吃完，一场电影还没看完，我要买的裙子还没挑到……他接完电话都会愧疚地跟我说："宝贝，我要回去了，下次再陪你……"

每次我都可怜巴巴，委屈得要哭，但是没有办法阻拦。如果他不是军人，我可以跟他闹啊，哭啊，抱着他大腿不放就让他陪着我啊。但他是个军人，他要执行命令。我能怎么办？张口埋怨一句都觉得是自己不懂事，但是心里真的很委屈啊！

真是应了那句话：自己选择的路，跪着也要走完；自己选择的男友，哭着也要坚持下去。

别想秀恩爱。

兵哥哥穿制服那么帅，发一张朋友圈晒一下吧。然后，我就被K先生训了！！！

不准发他穿制服和有部队背景的照片到公共场合。

为什么？

保密守则。

然后，我就像做了错事的宝宝一样，嘟着嘴删掉了！（内心OS：找兵哥哥当男朋友有什么用啊！当初还不是因为你穿军装的样子好看才看上你的，现在好了，照片都不能晒！！！）

"偷人"的感觉。

有时候他一值班（那种晚上需要去执勤的）就是好几周，连带着周末，不能请假出来。周末的时候，我就只好去驻地找他，每次去我都觉得自己在偷人，约的像是别人家的男朋友，秘密会面。

吃饭要选离部队大院远一些的、偏僻的地儿；走在路上要相隔好几米，一前一后，装成两个不认识的路人，有时候我走在马路这边，他在马路对面，我们俩就那么看着对方往前走……同时，K 先生每次都担心地左顾右盼，怕遇见领导什么的。

我跟 K 先生说，我们明明是光明正大地谈恋爱，每次都搞得好像地下恋一样。要是搁在战争时期，我们约会的样子就像是俩特务接头。

所以，我真的真的不爱去驻地找他，但是他又非迫不得已不能请假出来，咋办？我还是要硬着头皮去看他呀！有时候站着说会儿话我就走了。谁能理解宝宝心里的苦！

004

浪漫是什么？

有一次，K 先生特别兴奋地发信息跟我说，给我买了一件礼物，我一定会喜欢的。

我说：是吗，你好棒啊！

结果……我收到了……一个公仔！

大哥，我一个二十好几的人，你送我一个公仔干什么？还惊喜？还喜欢？思维是停留在高中生阶段吗？

女生过了十八岁，就不要送这些幼稚的礼物了好吗！什么公仔、风铃、八音盒之类的，放着没用，扔了可惜，要送就来点硬货好吗？即便送不起珠宝首饰、苹果手机什么的，就买些女生必备的东西，像口红、香水、化妆品、包包、鞋子、裙子什么的，这些东西女生永远不嫌多！

K先生问我：喜欢吗？

我说：喜欢！

他说：是吧，这个公仔还可以当抱枕，冬天还可以用来焐手……

接下来……他就以为我很喜欢公仔！又给我买了好几个。有一个大阿狸像人一样高，占我一半床位啊！！！（大哥，我家空间真不大，你要是真心想给我暖手、暖被窝，有本事你亲自来啊！）

哦对，退伍的时候，他把他最珍贵的"优秀士兵"奖章送我了！

说到送礼物，军人男朋友的优点要说一下，就是基本上不用发愁送他什么礼物了。部队里面一年四季穿军装，袜子、毛巾、内裤、腰带什么都发，你给买的东西，根本用不上！手表、项链、饰品啥的都不准戴。除了给他买几件便装以外，别的就不用操心了，你买了他也是放起来，真心省钱！

005
∞∞∞∞

想跟别人一样去度假？呵呵哒！

可以说，那几年我最讨厌的就是他的军人身份，四个小时就像孙悟空的紧箍咒，不管做什么都被压制着。对我们来说，像正常情侣一样去谈恋爱真的太难了。

四年来，我们没有时间去旅行，哪怕是去北京周边景点都不行；看电影要挑周末或者白天；生日、情人节能不能陪完全靠运气；节假日零安排，因为他什么时候值班无法预料，往往我们只能提前一天才能确定要去干什么。然而做所有事的前提便是，我要做好准备，他随时都会归队！

那几年里，我最大的心愿就是，K 先生可以毫无负担、毫无压力、痛痛快快地跟我在一起待几天。他只有休假的时候陪我时间长一点，更多的时间还是要回家看望父母。一年时间里，他能一次陪我超过二十四个小时的，绝对是屈指可数！

我屡屡抱怨的时候，K 先生就跟我讲："我们一两周能见一次面，已经很不错了。那些基层部队、偏远地区的军人，想跟女朋友见一次面可难了，一年也见不着一两次。有句话叫，要么忍，要么滚。你还是忍忍吧。"

"为什么不是滚？"

"你要想滚的话，也可以，不过我要先去洗个澡。"

我："……"

K先生的逗哏天赋倒是一直没输过！

006

记得有一个朋友跟我吐槽，说女朋友正在跟他闹分手，因为他接了两本书稿，下班之后就要加班写稿到半夜，长时间下来，女朋友就嫌弃他不陪她了。听了之后，我的心情那个复杂呀。至少他们还住在一起，晚上相拥而眠，早晨一起刷牙洗脸，一起吃饭……天天待在一起，还这么不满足。真是有一种旱的旱死，涝的涝死的感觉！

女孩子当然希望男朋友天天在自己身边，陪自己，照顾自己。和军人谈恋爱真的是太艰难了，我就这么硬生生地坚持了四年，回想起来我都佩服自己！

所以，我不建议姑娘们跟兵哥哥谈恋爱。

虽然说军人很伟大，兵哥哥也确实很帅，但做军嫂真是太苦了！

但是，你要是像我一样，命里就缺他，那就认栽吧！

你对我到底是不是一见钟情？

001

　　不知道别的女孩有没有这个毛病：为了维护自尊心，女孩子总不厌其烦地问男朋友，喂，是不是你先喜欢我的？你为什么会喜欢我呀？（潜台词是：哇，你好有眼光啊，喜欢上的人竟然是我，我在你眼里一定有什么特别的魅力。夸我，快夸我！）

　　然而，每一次我问 K 先生这个问题的时候，他的回答都让我万箭穿心！

　　一天晚上刷微博，看到"两个人之间，谁先动心谁就输了"这句话，细思恐极之下，越发觉得这是个关乎颜面和将来的家庭地位的问题，我一定要一个满意的答案才行。我一边躺在床上玩手机，一边问对面正热火朝天玩着 CF 的 K 先生说："咳咳咳……看我一眼！我要问你一个问题。"

　　K 先生停顿了五秒，"砰"地打完了一枪，才转过头来："啊，你问！"说完又赶紧把脸转回去对着电脑了。

　　"我问你，你到底是不是对我一见钟情？"

　　他似乎对这个问题麻木了，一边玩游戏一边轻描淡写地说："是！"

　　"你把游戏给我放下！再打一枪我就过去打爆你的头！"

　　他把鼠标放下了，装作一脸严肃的样子："是！您还有什么吩咐？"

　　"接着说，那你说说，为什么会对我一见钟情？"（求夸奖）

　　K 先生开始学聪明了，说："被你的美色迷倒了呀！"

　　"你说的不是真心话！"

　　"哈哈哈，这你都知道啊！"

　　"快说，为什么对我一见钟情？"

"你散发出来的气质！"

"什么气质？"

"气质就是气质，还要形容吗？"他歪头想了一下，"呃……大气……"（他在空中画了个大半圆）

我接着道："磅礴？"说完，我一个枕头就飞过去了，"你确定不是在说我胖？！"

"没有，没有，绝对没有！咋那么不自信呢！"

002

话说回来，我一直都觉得我和 K 先生能够遇见，就是歌词里唱的：转角遇到爱；就是小说里写的：总有一个人会不经意地出现在你的生命里……

五年前，我的大学闺蜜杨乐跟相恋四年的男朋友分手，正处于失恋期，我翻了半个北京城过去陪她。

女人为了早日走出失恋的痛苦，最好的发泄方式当然是：买买买！买衣服！买化妆品！买包包！买鞋……

我陪着好姐妹杨乐逛啊逛，走啊走，累得我脚后跟都要掉下来了一直逛到天黑，她都完全没有要打道回府的意思，我简直欲哭无泪。

我说："亲，我妈喊我回家吃饭了，咱们还是早点回去吧！"说完，我一屁股坐在商场阶梯上，摆出死活也不愿意走的架势。虽然我也是个姑娘，但是，我特别讨厌毫无目地的逛街。对于那些不管买不买，每一家专卖店都要进去看看，每一个货架每一件衣服都翻一翻的姑娘，也是由衷地敬佩！

杨乐没好气地回头看着我，点了根烟："瞧你那出息样！那你答应我，今天晚上在我家陪我！"

"敢情你拽着我逛到现在，就是怕我回家啊？"

杨乐一脸笑嘻嘻地说："人家失恋了，你就陪陪我嘛！这都周末了。"

"陪陪陪！咱们能回家了吧？"

杨乐一边踩灭烟头，一边说："我们先去吃饭呀！"

003

吃完饭，下了出租车，走在回杨乐公寓的路上，我心想终于可以回去躺着了，感觉整个人都要废掉了。

走着走着，杨乐摸摸包，停了下来："等一下，我的烟快抽完了，得回超市买一包。"

"我去……"此时此刻的我简直万念俱灰，双腿含铅，全身瘫软，多走一步路都是跋山涉水的艰难啊。

我们又折回马路边上的超市去买烟，往杨乐公寓走的时候，走着走着，她又停下了。

我回头问："干吗呢？大姐，走啊！"这时候我满脑子想的都是：床，床。我要扑倒在床上，来个大劈叉，一刻都不想耽误！

只见杨乐回头盯着马路对面的两个男人，喊道："你老看我干吗？认识我吗？"（潜台词是：你瞅啥？）

此时，我才看见马路对面有两个男人，他们听见杨乐的问话，已经停止脚步，站在那里了。马路旁边有一个公共厕所，我猜他们是正在前面的餐馆喝酒，出来嘘嘘的。

我拽着杨乐，有点不耐烦，这姑娘又想出幺蛾子了。"哎呀，走吧。你长得那么好看，人家还不能看两眼啊！"

杨乐看了我一眼，压根不理我，继续问对面的两个男人，又重复了一遍："看什么呀？你认识我吗？"

其中一个个头比较高的男孩在迟疑了几秒钟之后，笑嘻嘻地走过来："认识！怎么不认识！走走走，一起进来吃个饭，不就认识了吗！"一边说，一边拽着杨乐往那家餐馆走。

我拽着杨乐："别去啊！咱们又不认识人家，赶紧回家。"

杨乐对我撇了撇嘴："你怕什么？没看就在我家楼下嘛，这地儿我住了四年了，谁不认识我，这家饭店的老板跟我可熟了。没事，走吧。"

唉，我一向拿这个闺蜜没辙：漂亮！任性！胆大！

004

走到包厢里，我就惊呆了，竟然有一帮大老爷们儿，大概有七八个人的样子。

拽着杨乐进来的那个叫陈超，他跟他的朋友们说："来，介绍一下，这是我的两个朋友——杨乐，丹丹。"进餐馆之前我们已经彼此介绍过了。

这一帮人看见来了两个女的，瞬间开始起哄，这场面吓得我内心简直万马奔腾。这一个个魁梧雄壮的汉子，万一是坏人，我们俩可真是跑不掉了。再看看身边的杨乐，竟然一点惧意都没有。

后来才知道，这是一帮兵哥哥，今天正好在此聚餐，这才放下心来。兵哥哥嘛，身份比较正，无论如何都不会做出什么作奸犯科的事情来。

我看着杨乐，她似乎很兴奋。我一脸绝望地看着她，简直想用眼神杀死她，老子真的很想回家睡觉。

她凑到我耳边，挤眉弄眼地说："你不觉得陈超很帅吗？我喜欢帅哥。"

我表示很无语："虽然说你刚失恋，但是也不能饥不择食啊，你这跟路边采野花有什么区别？"

"老娘现在单身，想干吗就干吗。"杨乐说完注意力就全集中在陈超身上了，两个人聊得不亦乐乎，完全没有陌生感。

005

我百无聊赖、局促不安地坐在饭桌边，看着他们碰杯、侃大山，只盼着能早点散场。杨乐和陈超越发聊得来，看来他们俩相识不到一个小时，已经有股子郎有情、妾有意的暧昧了。

此时，我们家 K 先生华丽登场，只见他晃晃悠悠地、双眼迷离地推门进来了。我看见他推开门看到席上有我和杨乐在的时候，晃了一下神，才犹犹豫豫地走进来。

其中一个人说："哟，K 班长睡醒了啊？来，接着喝！"

也就那么巧，我旁边正好有个空座。他坐在了我边上，不经意地看了我一眼之后，举着杯子就跟那些哥们儿喝酒。

过了好一会儿，我感觉他又假装不经意地看了我几次，一副想找我说话又不敢的样子。最后他终于按捺不住了，跟我说了今生我们相遇后的第一句话。

他拿着酒杯举过来说："你好，我叫 K。"

"你好，我叫丹丹。"我举起了杯子里的雪碧。

接着他说："你长得好像我一个初中同学。"

"哦，是吗，哈哈，挺巧的呀。"

其实，我差点没憋住要笑出声来——竟然用"你长得好像我一个初中同学"这么老土的搭讪方法！我心想才不搭理他呢，一看就是个愣头青还有点傻，于是我举杯喝了口杯子里的雪碧，算打完招呼了。

这期间我感觉他总是看我，我只装作没看见，低头玩手机。恨死杨乐了，逛了一整天，还非要来这个莫名其妙的饭局。

终于，他又开口小声问我："你是不是在这儿挺无聊的？"

我说："嗯。"

"你们住得远吗？要不我送你回去吧？"

我忍不住抱怨说："住得倒是不远，就在楼上，就是有点累了。菜也吃完了，酒也喝得差不多了，怎么一个个都没有要散的意思呢？"

K先生看了我一眼，突然站起来，举着杯子说："兄弟们，把杯子里的酒喝完，咱们就撤吧。现在时间也不早了，早点回宿舍吧。"

然后，他们终于清空了杯中酒散场了。

我对他报以一个感激的笑容。

回去之后，杨乐笑嘻嘻地说："丹丹，你觉得K怎么样？"

"啊？什么怎么样？"

杨乐又神秘兮兮地说："我跟你说，陈超跟我讲，K跟他说，他挺喜欢你的，就是你一直都不讲话，他有点怕你。"

"呵呵呵……赶紧睡觉吧！"

杨乐一边晃着手机，一边对我说："我已经把你电话号码发给他喽。"

"姐姐，你可真替我操心啊！我真服你了！你就勾搭你家陈超吧，我可是睡了！"

006

此后，K 先生开始给我打电话，每次都说一些类似"吃了吗？下班了吗？工作累不累啊……"机械性的傻问题。

我也就敷衍着跟他聊几句，每次通话几分钟就结束了。

那时候，我完全没有想过要跟 K 先生发生什么故事。那句烂俗的搭讪让我一直印象深刻，觉得这小子又傻又土又俗！虽然我很感谢他提议饭局早点散了。

还有一个原因就是，他比我小太多啦，五岁哪！根本就不用过脑子，我跟他怎么会有可能啊。

（如果那时候知道我们会在一起的话，我应该好好虐虐他，每天应该只跟他讲三句话，这才是女神的姿态！哈哈哈。）

一段时间之后，他突然就不再给我打电话了。

虽然我心中疑惑，但并没有主动跟他联系，否则这样一来不就证明我对他也有意思了吗。后来我问他："你当初怎么突然间就跟我断了联系？"

他说："我天天给你打电话，你也不怎么搭理我，我心想就算了。"

"人家追姑娘都是死皮赖脸、死缠烂打，你才坚持打几天电话就放弃了！男人不要脸的精神到你这里就泯灭了！"

"大姐，我可是给你打了两个月电话，天天嘘寒问暖，你一点信号都不给我！说请你吃饭，你不吃；约你出来玩，你说工作忙；就连平时接电话你都是一副不愿意搭理我的样子，我都觉得你很讨厌我呢。"

"信号？你是手机吗，还需要这个功能！我现在好后悔，没让你使劲追我，追个一年两年的。"

K先生在一旁得意地说："小样，还不承认，从一开始你就对我有意思是吧？"

"呵呵，我对你才没意思呢！"

"有！"

"没有！一个意思都没有！不信咱们现在分手，你重新追追试试。"

K先生白了我一眼："你有急支糖浆吗？"

"干吗？"

"那我为什么要追你？"

我："……"

事到如今，对于 K 先生献完殷勤之后又突然不联系我，我都深深地怀疑，这一定是他欲擒故纵的套路，虽然他一再否认。

007

我和 K 先生就是这么相识的。

如果那天我没有陪失恋的杨乐，如果那天我没有答应在杨乐家里留宿，如果我们不是逛到那么晚才回家，如果杨乐不是烟抽完了又折回去买，如果陈超早一分钟或者晚一分钟出来上厕所……我们就不会在回家的路上遇见陈超，我也就不会认识 K 先生。

或许在别人眼里这只是普通的偶遇，但是在我心里总是把我们的相遇定义为命中注定，认为那天所有的巧合都是上天的安排，那天一连串的阴差阳错都是为了我们能够相遇。

后来 K 先生跟我说，那天他本来已经喝醉了，自己跑到另一个包厢里面睡了一觉，醒了之后回来就发现桌上多了两个姑娘，他当时都有点蒙了，还以为进错房间了呢。然后，他就看见我一个人安安静静地坐在那里，就走到我身边去了。

我得意地问："那你就是对我一见钟情咯？"（让心爱的男人承认对她一见钟情，对女人来说，还有比这更高的赞誉吗？）

K先生不识相地摇了摇头："一见钟情也算不上吧，就是有感觉。"

"什么感觉？"听他这么说，我就有点郁闷了，他要是用不恰当的词语，我已经做好准备掐死他。

"就是那种感觉啊。我也形容不出来，那就算一见钟情好了。"

"什么叫'就算'？！你今天必须把话给我说清楚，到底为什么会喜欢我？"

跟直男聊天太累了，你引导着让他说一些好听的话都不上钩！不会看脸色，听不懂话里有话！偏偏女生还就想让男生自动领会，偏偏直男的脑子就是一根筋！

没承想，K先生接着来了一句惊天雷。

"可能因为我好久没见过女的了吧，哈哈哈……"

"因为好久没见过女的了？好久没见过女的了是吧！有种你别跑啊！"

真是要活活被他气死了！

被你套路还不是因为喜欢你

001

　　杨乐跟我说："哎，晚上让陈超请我们吃饭，估计 K 先生也会过来。"

　　虽然，杨乐老是有意无意地跟我开玩笑，一直以来我也没把 K 先生当回事，也就笑笑过去了。不过让我郁闷的是，K 先生之前天天对我嘘寒问暖，突然间有一个月没有给我打过电话，也没发过信息。一下子被他冷落，心里也是不太好受，嘴上说着不让杨乐随便开玩笑，心里竟然有些期盼着能见到他了。

K 先生见到我的时候，说："你来了啊？"

我不冷不淡地回了句："嗯。"

杨乐在旁边打趣说："你俩怎么还这么生疏啊？"

陈超坏笑着说："K 没谈过恋爱，不奇怪。"

我："哎呀，你们说什么呢？！吃饭吧。"

吃完饭，杨乐和陈超起哄，非要 K 先生送我回家。

那时候我们已经很长时间没联系过了，走在路上，气氛有点尴尬，聊的话题就围绕着杨乐和陈超恋爱的事。

我说："没想到他们俩发展得挺快呀。"

K 先生说："是呀，挺羡慕他们的。"

我问："为什么羡慕呀？"

他略显羞涩地低着头，说："因为，我没谈过恋爱。"

哈哈哈哈，当时我觉得他好可爱。然后，我问他："你多大啦？还没谈过恋爱？"

他说："二十了呗。毕业就参军了，哪有时间谈恋爱。平时连个女的都见不着，你是我来北京认识的第一个女性朋友。噢，不对，还有乐姐。"

我说："咦，你叫杨乐姐姐，咋不叫我姐姐呢？"

他停了一会儿，感觉憋了一大口气，说："我不能管我喜欢的人叫姐姐。"

毫无征兆地被表白，我瞬间脸红了，一时语塞，接不上话。但是看得出来他比我还紧张，我就赶紧笑着说："哎呀，开什么玩笑，你知道我比你大五岁吗，你还是乖乖叫我姐姐吧。"

我看见他露出一个很意外的神色，应该是没想到我比他大这么多。不过一瞬间之后他的神态又缓和过来了，他说："那有什么，我有很多朋友都比我岁数大很多，都玩得挺好的。"

我说："嗯，看来，我也可以跟你做玩得好的朋友喽。"

他突然闷着头说："我才不要跟你做好朋友。"

我带着调戏的口气，嘻嘻笑着说："那你想跟我做什么？"

他看着我，突然拽着我，把脸凑到我跟前："你明知故问是不是？"

"我……"明明当他是个小屁孩，只是想逗逗他，虽然刚刚被表白，我也没有当真，这回被他这么一拽，我瞬间就脸红了，心脏也是"扑腾扑腾"地跳着。

心跳是因为 K 先生离我太近了，本来我是把他当个小男生逗着玩儿，他一把拽住我，像个男人的举动，出乎我的意料。

看着离地铁口不远了，我连忙把他推开。"都这么晚了，我要赶紧坐车去了。拜拜！"说完，我头也没回，就跑走了。

后来，坐在地铁上，慢慢回想，才觉得 K 先生简直是岂有此理啊！之前天天联系，突然一段时间不找我了，这回见了面又突然表白！这是在跟我玩套路吗！

002

自从送我回家以后，K 先生又跟我开启了聊天模式，还有意无意地总想试探我愿不愿做他女朋友。

我当时想，K 先生简直幼稚死了，但并没有很反感，只觉得他是个很单纯、很好玩的男生。

有一天晚上他给我打电话，我生病已经躺在床上睡觉了。

我迷迷糊糊地接过电话，只听他说："你怎么睡得这么早啊？"

我说："有点累了。"

他说："明天周末了，你不来找杨乐玩吗？"（这样他就能看见我了嘛。）

"不去了。"然后我咳嗽了两声。

他说："你感冒了呀？"

"是呀，有一点。"

他挂了电话，让我早点睡。

第二天，K先生给我打电话，说他已经到我住的小区了，问我住在几区几号楼。

我当时很惊讶，他怎么过来找我了。我只跟他说我住在天通苑，具体的地址他并不知道，就这么直接来了，还提了一袋子感冒药、止咳药、消炎药给我。

我留他中午一起吃饭，他说："不了，我是请假出来的，坐一会儿就得回去了。"

当时我简直要感动哭了，我住的地方离他太远了，他请假的时间只够路上来回的，为了给我送药，连饭都吃不上。

我说："下周末，你有时间，我请你吃饭吧。"

他说："干吗？跟我还要这么客气啊？你呀，就需要一个男朋友照顾你。"

"你前段时间怎么突然像消失了一样，很久都不联系我。"

他一听，就笑了："怎么，是不是想我了？"

我撇嘴："才没有！就是问问。"

他停住了笑，一本正经地说："前段时间我去山西集训了一个月，那里平时没收手机，只有周末的时候才把手机发放回来，允许跟家人打电话。"

我心想，原来如此，是我一直误会他了。"噢，这样啊！是不是很辛苦？"

K先生看了我一眼："当然辛苦啦！从早到晚训练，不过最辛苦的是，没想到你这么心狠，我走了一个月，你一条短信都没给我发过。周末我打开手机，你从没主动找过我，我心都凉了。每次我都盼着你能主动找我一次，这样我回北京就马上来找你。"

我低着头说："我怎么会知道你出去集训了，再说我们也是刚认识没多久，女孩子哪有那么主动的。"

他突然抓着我的手，坏坏地笑着："那你说，到底有没有想我啊？"

我赶紧甩开他的手，说："没有。"

K先生："没有？真的没有？"

真是，太让人尴尬了，本来特别感谢他大老远地来给我送药，但是被小男生撩还是有点让人羞耻的感觉啊。

我只想把他快点打发走："真的没有，你不是要回部队吗，快走吧。"

K 先生把药和水放在我床头，叮嘱了两句，"吧唧"在我脸上亲了一下。突如其来的一吻，让我整个人都蒙了。

"你……"

"你什么你，我先走了啊。乖……"

在 K 先生偷偷亲了我之后，我心里就开始动摇了。之后好几天，我还会时不时地摸摸自己脸上被 K 先生亲过的地方，露出甜蜜的微笑。

003

后来，K 先生才给我仔细描述了他去山西集训的那段日子：每天早晨五点钟起床，晚上十点钟睡觉。只有周末一天休息，每次他给家里打完电话，都犹豫要不要给我打个电话。但是，看我一直没有找过他，他心里也生气，跟我较着劲。

可是，我们那时候连男女朋友都不是，虽然他之前跟我联系了两个月，但我不找他也合情合理啊。感觉他完全是沉浸在一个人的戏里嘛。

后来陈超请吃饭，他知道我也去了。他还犹豫要不要去，心想要不要干脆就这样算了，反正我对他没意思，这样热脸贴着冷屁股的，何必呢。最后他还是特别想见我，就去吃饭了。（哈哈哈，听他这么说，好开心。）见着我之后呢，我也没有对他特别热情，他心就更凉了……那天要不是陈超和杨乐起哄，他本不想送我回家。（不想送！真心话总是这么伤人，好想揍他。）

在送我回家的路上，他还是想尝试一下，鼓起勇气表白，就算是我拒绝了，他也能给自己一个交代，彻底放弃了。

我没答应他，也没拒绝他，而且这次生病又给了他一个契机，从此以后他就单方面承认我是他女朋友了。

而我的想法呢，嘿嘿！一个纯情懂事的男孩子，一个年轻鲜活的肉体，不占便宜也太浪费了吧！

父母反对的恋爱，全靠死扛硬撑

其实，我从来没有觉得我和 K 先生之间是姐弟恋的模式。如果不是故意提到年龄，我们自己都忘了我们有年龄差的问题，感觉就是正常恋爱的男女：他是我男朋友，我要依赖他，委屈难过了跟他讲，生病了会要他照顾我，拧瓶盖这种力气活儿都是他来，不开心了把他当出气筒，有他在就安全感爆棚。K 先生的口头禅是"谁要敢欺负我媳妇儿，我分分钟让他知道部队是怎么培养我的"。哈哈哈，虽然 K 先生从来没因为我真的去跟谁打过架，但是听他这么讲，我也是超级开心的。

初识 K 先生的时候，我和妹妹七月住在一起。

由于 K 先生年龄比较小，我跟他关系确定了几个月也没敢告诉妹妹，怕她跟老爸告状，我爸那严肃的老头，知道了肯定直接棒打鸳鸯。

但是时间久了终究瞒不住。天天抱着手机聊天，周末不在家睡觉，总说要出去，七月问了我好几次是不是谈恋爱了，我都是含糊地回答：是刚认识了一个男生，还没谈呢。

差不多有半年，K 先生忍不住了，非要去我们家坐坐，说他要尽姐夫之谊请妹妹吃个饭。我虽然不太愿意让他曝光，但也不能太强硬地拒绝，好像我嫌弃他一样。我只跟他提了一个要求：不许说年龄！

K 先生第一次来我家做客（北京租房），不仅提了一堆水果，还提了一堆锅碗瓢盆，说这些都是他在部队做活动的时候发给他的东西，平时他也用不着，全给我们拿来了！搞得我哭笑不得，七月倒是在一旁说：挺好，挺好的，正好我们做饭用得着。

K 先生走了之后——

七月拽着我说："姐，这小伙子不错。"

我："哈哈哈，是吧。"

七月："就是看着很年轻啊，是不是比你小？多大了？"

我迟疑地说："嗯……是比我小点……好像是 90 后吧。"

七月："噢，小几岁呀？"

我："……小几岁……嗯，不太清楚。"

七月："你怎么可能连人家年龄都不知道就谈恋爱！看你这吞吞吐吐的样子，到底小几岁？"

我："也没几岁……五岁吧！"

七月啃着苹果的小手突然一抖："什么？小五岁？小五岁你也敢跟他在一起！"

我也是一脸惊慌，内心忐忑："你刚不也说他挺好的吗？小就小呗，现在都什么时代了，谁还在意这个呀。再说了，五岁也没差很大呀。"

七月："爸要是知道了，肯定不愿意！你这个年龄谈恋爱那是奔着结婚去的，他一个二十岁的年轻小伙谈恋爱就是玩儿！"

我一脸硬气，坚决肯定地说："我们就是奔着结婚去的！"

讲真话，那时候我还真没有想那么远，只是抱着喜欢就在一起的心态。如果感情的开头都是奔着修成正果才能谈恋爱，多心累啊。

那天我差点跟七月吵起来。她严重不同意我跟 K 先生在一起，要给家里打电话，告我的恶状。最后，在我的威逼利诱之下，她终于答应暂时不告诉家里的老泰山。威，当然是我这个老大的身份了，她比我小，不能管我；诱，就是答应给她买双新款球鞋（她有球鞋癖）。

002

但是那一年春节回家的时候，七月还是跟爸告了状，说我找了一个部队上的男朋友，就是年龄小了点。我爸开始还为我有男朋友高兴，问小几岁。得知比我小五岁之后，我爸秒变严肃脸。

"小五岁？简直是胡闹！这怎么能行！"

我吓得一哆嗦，当时掐死七月的心都有了，球鞋算是白买了，只好硬着头皮对付我爸。

"爸，你也是有知识、有文化的人，思想应该先进一点，现在女生比男生大几岁根本不是什么事，大七八岁、十来岁的，照样都结婚。你看那些明星，高圆圆和赵又廷、谢娜和张杰，姐弟恋的不也多的是吗？"

见我这么强词夺理、不知悔改，我爸"啪"地拍了桌子，厉声说："你说的那些明星我一个都不认识！再说你是明星吗？还要我思想进步，我进步了，那毛小子就能照顾好你吗？"

　　我当时真是被我爸吓住了，真的是惊恐加心虚，但也很强硬地说："他挺好的，没你想的那么不懂事，挺照顾我的。"

　　没想到，我爸更愤怒了，把身前的凳子也踢翻了："我不管你这些，马上跟这小子断了，过完年回去之后就不要联系了。"

　　"我不分！你不要管我，我这么大了，自己心里有数。"大声嚷嚷完，我一边哭一边回自己屋里去了。只听我爸在我身后说："你还知道你自己多大了啊！"

　　虽然我心里一直有准备，父母总有知道的一天，也肯定会反对，今天这个局面是我早晚都要面对的，但当真的发生的时候，心里还是特别难过。我知道爸爸是为了我好，他希望我找个靠谱的男朋友。我跟他吵架，肯定会伤他的心。但若从一开始就不反抗，肯定就得跟 K 先生分手了。

　　人啊，这心里就是矛盾的。白天因为 K 先生而和我爸吵了一架，晚上 K 先生给我打电话的时候，我就说要跟他分手。

　　我说："我爸今天已经知道你了，他不同意我们在一起，知道你比我小这么多，他很生气。要不，我们就分手吧。"

　　K 先生一听就急了："那怎么能行。我们应该争取啊。"

我说："可是我不想让爸爸伤心。你父母知道了，肯定也会反对的。"

K 先生："我知道他们会反对，我一定会跟父母争取。但是，你不要还没迎战就投降，行不行？"

我哭着说："我爸真的很生气，拍了桌子还踢了凳子，很多年他都没这么跟我发过火了。他就是觉得你年龄小，根本没法照顾我。我现在都二十五了，你才二十岁，过两年我就是大龄剩女，而你才刚到法定结婚年龄，耽误的就是我自己。"

当时我越说越委屈，哭得就越厉害。说实话，那时候我也不是抱着特别大的信心做的决定，能不能在一起毕竟是双方的事。对方过几年会不会变，谁都不知道。这个年龄的差距确实就是个尴尬的问题，他在部队，结婚必须年满二十五周岁，等他二十五岁，我就三十岁了，如果那时候我们不结婚，我还有勇气、有机会重新找个人吗？说白了，对于我自己来说，选择他，就是在赌。

K 先生说："我知道，我年龄是小了点。可我会长大的呀！我会尽到一个男人的责任照顾你，可能现在我还不成熟，达不到你的要求，但你要给我时间好不好。我会长大的！"

当时 K 先生的豪言壮语，特别像一个小孩子信誓旦旦，稚气里带着不可否定的真诚，听得我又想笑又欣慰。我想，无论如何，我们都应该争取一下吧。

不过，中间倒是出现了个小插曲。我爸在平息怒气之后，非要给我介绍他一个包工头朋友的儿子。

我当时就跟我爸急了："疯了吗？什么包工头的儿子！还是南方人！我在北京工作好不好，年龄小不靠谱，异地恋就靠谱吗？！"

我爸说："包工头儿子咋啦？家里不差钱，再说人家儿子在创业，又不是在工地干活。你嫁过去了，就不用去北京工作了。"

说完，当着大家的面，他就一本正经地拿出手机给他朋友打电话。哎哟，我天，真想钻地底下去。我妹妹就在一旁，事不关己地笑。

我爸硬是逼着我加了对方的 QQ，让我没事多跟人家聊聊天，没准儿就喜欢了呢；还说我们年纪相当，又是朋友的儿子，知根知底，比那个当兵的小子靠谱多了。跟老爸吵了架之后，我也不想再跟他起正面冲突。那个春节，我一心只想着快点回北京，可不在家待着了，这都要逼亲了。

003

回到北京，我爸没少打电话问我跟 K 先生断了没有，跟他介绍的小伙子聊得怎么样。刚开始我还接电话应付他一下，后来干脆不接了，直接甩手给七月，让她从中间传话。我是不会跟 K 先生分手的，他介绍的人我也不喜欢。反正，天高皇帝远，他再怎么不同意，也不能到北京来捉我。

K 先生呢，没过多久，第一次探亲回家，在北京陪了我两天，就回家看父母了。我问他跟父母说了我们的情况没。

K 先生特别轻松地说："说啦，没事。"

我表示很惊讶："没事吗？就是我们的年龄，你父母没说什么吗？"

K 先生说："我妈就比我爸大三岁，我们现在年轻人比他们那时候更开放，他们能理解。放心，什么事都没有。"

我一颗悬着的心倒是放下了，当时想着 K 先生的父母就是女大男小，所以比较能理解我们吧。

004

K 先生回北京之后，因为一件小事，我们吵架了。现在回头想想觉得还挺好笑的，但当时真的是很气。起因是情人节送礼物，女孩子嘛，大多数都盼望着自己男朋友会悄无声息地给自己准备一些惊喜，而 K 先生却总是问我想要什么，让我自己去淘宝上挑，他来代付。这一直让我很郁闷，觉得没有那种期盼的惊喜，他不花心思，再贵的礼物也没有意义啊。而情人节当天，他在部队不能陪我就算了，连束花也没订，该不会连送花都要我跟他说："哎，情人节你要送我花呀。"或者我自己去挑好，让他付钱，这不是纯作秀给自己看吗！

记得那天挺冷的，拿着手机都冻手，但是我下了公交车就在电话里找 K 先生的碴：北京刮这么大的风，不知道提醒我多穿衣服；下雨了，不知道提醒我带伞；过节也不给我惊喜，每次都是问我想要什么，从来没有偷偷给我准备过礼物……要你这样的男朋友到底有什么用？因为天冷，手机从左手换到右手，右手换到左手，越说越生气。

K 先生在电话里头还一副很无辜的样子，说我因为这些小事发这么大的火。

他这种不知道自己错在哪里的样子更让我憋火，我说："分手吧，没法过！我爸说得对，你根本没法照顾好我。"

K 先生当时也特别生气："好，分就分！省得我耽误你。"啪就挂了电话。

当时我就要炸了，难道我不是变相地在请求他对我更好一点吗？他还来劲了，挂我电话，还说分就分！一开始我憋着气要跟他冷战到底，两天过去了，他还是没有主动找我，一气之下我就把他的电话号码、QQ、微信全部拉黑了！

周末我喜欢在家睡大觉，一直睡到自然醒，下午两点之前绝对不会起床。那个周六，我一睁开眼，就看见 K 先生在我旁边坐着，笑嘻嘻地看着我。

看到他来了，我心里是高兴的，但还是装作很生气的样子："你来干吗？"

他嬉皮笑脸地说："我能干吗？想女朋友了呗。"一边说一边过来要抱我。

我把他伸过来的手打回去："呵呵，谁是你女朋友，我没记错的话，我们已经分手好几天了。"

K 先生说："怎么，你还真要分手啊？还把我所有的联系方式都拉黑了，幸亏我知道你住在哪里，要不然我真不知道去哪里找你了。"

"是不是七月给你开的门？看我不找她算账。"

说完我就准备起床，刚起身，他一把抱住了我，推也推不开。

我说："你干吗呀？"

K 先生说："好了，你别闹了行不行？"

我说："我没跟你闹，我真心觉得现在我们分手也不晚，不过谈了一年多的时间。你年轻，我也青春正好。要是拖几年，你青春正好，我就是没人要的黄花菜了。"

K 先生："别瞎说，哪有这么嫩的黄花菜。"

"别嬉皮笑脸的，我们这次就彻底分了吧。我觉得你一直都没把我当回事，不走心，不能照顾我。"

K 先生说："我知道我做得不够好。你那天骂完我，我都反省了。你说我平时就大大咧咧的，没谈过恋爱，不懂女孩子，也没那么心细，更不懂什么浪漫惊喜，很多小事都没意识到。但是，我们不能分手。"

我说："啊？咋就不能分了？我说'分'，你说'嗯'，往后你走你的独木桥，我走我的阳关大道。"

K 先生："那不行啊，你走独木桥，我走阳关道。"

我真的是超级无语，我正儿八经地跟他说分手，他老是正儿八经地跟我胡扯。

"滚，就是你走独木桥，我走阳关大道，想过得比我好，门都没有！"

"行行行，咱俩一起走行不行！独木桥给你妹走。"

我："……你妹！"

说完我俩都忍不住笑了，结果就这么跟 K 先生和好了。

幸好七月没听见！

笑着笑着，K 先生就一把抱住我。

画风变得太快，拥抱来得猝不及防，我说："你干吗呀？"

K 先生说："你说你，还把我拉黑了，我这几天还在值班，都快着急死了。"

我一听心里暗自高兴，想象着他着急紧张的样子，得意地说："你当时挂我电话的时候不是很硬气吗？不是说分就分吗？"

"我那是让你冷静冷静，你还真够狠心的。"

"对呀，我很冷静啊，心灰意冷了。"

后来我才知道，K 先生当时觉得我在跟他找碴，就想让我冷静冷静，没想到我把他所有的联系方式都拉黑了，那会儿他精神压力很大。其实，他上次探亲回家，跟父母说了我们的情况之后，他父母是非常不同意我们在一起的。他两年没回家，那次好不容易回去了，走之前还跟父母吵了架。至于他父母怎么个不同意法，都说了什么，到现在 K 先生也没跟我具体讲过。他顶着压力回北京，我还一直跟他闹腾，然后我把他拉黑了。他联系不上我，又正是他值班的时间，不能出来找我。

后来我还在他微信里看见一条只对自己可见的动态：原来这就是心痛。

005

不知不觉，我和 K 先生已经恋爱三年多的时间。家里反对我们在一起的声音也渐渐偃旗息鼓了。

2015 年底，K 先生即将退伍了。

这时候，我们面临的最大问题是：K 先生是选择回老家，还是留在北京陪我一起打拼。

一开始 K 先生是认定了要回老家，并且希望我能陪着他一起回去。他觉得回山东老家，买个房子，找个工作，一点压力都没有。留在北京，他退伍之后就是从头开始，没有工作经验，安置费在北京付首付都不够，他担心自己没有能力在北京存活下来，更别说将来要养我、给我什么幸福的生活了。

而我，是无论如何都不会离开北京的，像我们这些文化工作者，北京是最好的选择，回到二线城市会有很多弊端，甚至工作都不太好找。我也不甘心就这么放弃我原有的生活状态，虽然我没有什么成就，但是在北京，我知道我前方的路该往哪儿走，而且相信自己会越来越好。

我跟 K 先生说："虽然我一直都是信仰'以爱为命'的人，但是要我以自毁前程为代价，我也是做不到的。如果你选择回老家，我们只能有一种结局——分手。"

那是我过得最恐慌的一段日子，我想如果 K 先生辜负了我，就算我瞎了眼，这几年青春就算喂了狗。我不能强迫他做选择，也不敢给他打电话，如果他没有坚定地陪着我的决心，我也不是很想知道答案。

K 先生再来找我的时候，是拿着他的学生证来的。他报了设计学校，在学一些设计软件，说他已经做好准备进入社会工作，而且领导还批准了他用业余时间出去上课。

当时，听他说完这些，我就抱着他痛哭。不安的阴霾终于一扫而光了。

他收到退伍命令，第二天就背着行李来找我了。

终于等到他脱下军装

001

K 先生拎着皮箱、背着军用挎包到我家楼下，他说："你以后要是不要我，我就去乞讨卖艺，街头流浪。"

我上前抱住了他，说："你有什么艺可卖，出去卖身吧！"

虽然是玩笑地开场，但其实这一天我已经等太久了。他终于脱下了军装，退伍了，以后我们可以一起安安心心、自由自在地过日子了。

吃饭的时候我笑嘻嘻地跟他说："哎，这样真好，再也不用担心你一会儿就要走了，一下子自由了还很不习惯呢。"

他抬头斜眼看着我说："哈哈，以后就好好伺候哥吧。"

我说："你以后就做好准备当个居家好男人，洗衣、做饭、拖地。"

他把筷子放在了桌上，故作忧虑地说："唉！想想以后的日子，这饭都吃不下去了。"

002

收拾好他拿来的行李，我们一起穿着睡衣、趿着拖鞋、不修边幅地去楼下超市买菜。他推着购物车，我负责往里面扔东西，时不时地问：这个你吃吗？饺子是买猪肉馅的还是三鲜馅的？炒什么菜好呢？

就是这种一起逛超市的感觉，都让人内心欢喜雀跃。

买完菜，我在厨房炒菜，他在房间里面玩游戏，屋子里时不时传来游戏的声音：Head shot！Double kill！

我在厨房跟他喊："你游戏声音太大啦，开小点！你都二十多岁的人了，整天只知道打游戏怎么行！"

他坐在房间里，一边用右手不停地点着鼠标，一边跟我犟嘴：

"你看你，怎么像个老娘们似的就知道嘟囔，以后我是没好日子过了。"

一切都那么稀松平常，一切又都那么难能可贵，那一刻我才真正觉得我们进入了正常情侣的模式。就如此刻这样拌个嘴、互相抱怨一下也觉得特别幸福。这么久以来从来没有像这一天这么安心过，感觉他就是你的了，再也不会像以前一样随时都会走了。

003

第二天，我们两个人兴奋得不行，大冬天看完夜场电影，手拉手从两千米以外走回家。

我一边跑一边兴奋地说："哇，真是太好了！再也不用担心你会走了，我们想玩到几点就玩到几点，想干吗就能去干吗，再也没有人一个电话就能把你叫走，以后你就是我的了！"

K先生也特高兴地说："是啊，太好了。我都感觉不太真实，宝贝，你还想干吗？我都陪着你。"

"嗯……我要去海边！"

"我想去西藏！"

"我要去三里屯、后海的酒吧里喝酒！"

"我要你带我回家，然后我带你回家。"

"我要给你生猴子！哈哈哈！"

K 先生嫌弃地说："你这个女人，想要的太多了。"

"啊，你说什么？"

K 先生过来搂着我说："不过我都陪着你啊，傻瓜。"

"哼，这还差不多！"

那天晚上我们就一直嘻嘻哈哈、蹦蹦跶跶地走在冷清的街道上，奇怪的是一点都不觉得冷，也不觉得累，满心都是对未来的无限憧憬，还有迎接自由的欢喜。

以后我们再也不用争分夺秒地抢时间，不用害怕会被人看见，想去哪里就去哪里，想看几点的电影就看几点的电影，想玩通宵就玩通宵。一下子什么束缚都没有了，这种感觉真的是难以向没有经历过的人形容。

我们终于可以像那些正常的情侣一样，过着不咸不淡的日子，也许偶尔会吵吵闹闹，但是我可以耀武扬威、肆无忌惮，生气了就甩给他一个枕头让他滚出去睡沙发，高兴了就抱着他撒会儿娇。就这样在一起度过每一个平淡无奇的日子。想想都觉得幸福爆棚！

三人行，必有二货

和 K 先生住在一起之前，我一直都是和我妹七月住在一起的。

K 先生退伍出来之后，我们仁就租了一套两室一厅的房子。

001

吃完饭之后，我们去楼下公园散步。

走着走着，七月说："姐夫，你现在多少斤啊？"

K 先生说："一百五十左右吧，怎么了？"

七月说："这么重啊。"

K 先生说："是啊，你姐最近把我养得不错。"

接着她对 K 先生说："嗯，那你应该挺有劲儿的，花盆你提着吧。"

刚刚出来吃饭，路过地下通道的时候，她买了两盆小多肉。

K 先生接过花盆，摇头叹息说："我说怎么突然关心我的体重呢，原来都是套路啊！"

哈哈哈，我在一旁笑死。

002

我们三个约好去撸串。

K 先生穿了一条特别拉风的红色短裤。

我说："你穿得那么红，我没有衣服跟你搭配啊。"

K 先生特别嘚瑟地说："谁让你跟我搭了，我自己帅就行了。"

然后，我就默默地找来了红色的鞋子和帽子，穿戴在身上。

七月姑娘从房间出来，看见我俩，开口说："就下楼撸个串，你至于穿得这么夸张吗？"

K 先生一脸得意又故作谦虚地说："嘿嘿，也没啥，就是普通穿着。"

七月："我说我姐呢。"

哈哈哈哈，K 先生那表情，尴尬癌都要犯了。

003

有时候我觉得 K 先生已经把我惯得不成样子了，不仅对他脾气臭，对身边的人脾气也很差。

我问七月："你说我现在脾气是不是有点太大了？"

七月毫不犹疑地点头说："是啊，天天都来大姨妈。"

我说："长得越漂亮，脾气越大，我有什么办法？"

七月白了我一眼说："这一刻，我真想离家出走。"

004

晚上，我跟 K 先生一起看电影。

突然传来妹子的哭声，哭得那个撕心裂肺，惨绝人寰。

我和 K 先生赶紧过去问她：怎么了呀，为什么哭？

这姑娘，用被子蒙着头呜呜大哭，浑身颤抖，根本不理人。

我打开她手机，看见画面停留在一部日本动漫上面。

我跟 K 先生面面相觑，然后我小声说："我觉得，她肯定是看这个电影哭的，要不咱们也看看？"

K 先生说："嗯，看看吧。这得多感人，把她感动成这样。"

然后我俩不再搭理还在蒙头大哭的七月，把动漫电影《萤火虫之墓》找出来看。

我们一直等着会被感动得痛哭流涕的画面出现，直到电影结束，也没被戳到泪点。

感人是感人，但是动漫对我们来说就是没有代入感，不至于让人哭得像死了前任一样。

好吧，原谅七月姑娘，这一生多愁善感，泪点低！

005

七月姑娘不仅看影视剧的时候泪点低，随便一点什么感动画面，她都能泪光闪闪。每次我坐在她旁边都是一脸嫌弃，她还反过来说我冷血无情！

一次她下班回家，打开门坐着就忍不住抽泣。

我跟 K 先生很惊慌，难道她工作出了什么问题，被人欺负了不成？

追问之下，原来是因为，她打车回家的时候，司机师傅的女儿正好跟司机打电话。小姑娘很可爱，三四岁的样子，跟司机说："奶奶今天包的饺子可好吃了。"

司机特别宠溺地说："好吃，你多吃点。"

小姑娘："爸爸，你为什么总是不在家？"

司机："爸爸得工作呀，过年的时候就回去了。"

一个看上去五大三粗的司机，接到小女儿电话的那一瞬间变得特别温柔，加上小女孩的天真可爱，一下子就打动了七月，坐在车上就忍不住眼含热泪，回家之后就开始止不住呜呜哭。

我和 K 先生一直特别认真地听，因为她一直在哭嘛。

全部过程就是这些，小女孩和爸爸的感情很动人，司机师傅确实不容易，但是她哭成这个样子，是不是太夸张了一些。

SO……我和 K 先生笑话七月姑娘泪点太低。

七月呜咽着说："我不跟你们讲了，你们太没人情味了。"

我瞪一眼 K 先生："说你呢，别笑了，能不能体会一下人间冷暖。"

　　K 先生秒变正经脸，很配合地发着哭腔："啊呜呜呜……太感人了！司机太不容易了。"

　　七月在一旁哭笑不得："我对你们真的是太无语了。"

　　我直接笑趴。

006

　　偶然在网上翻到，铁树和仙人掌可以斩桃花，当下就网购了两盆仙人掌寄到 K 先生公司。

　　然后，我特别有心机地告诉 K 先生："亲爱的，我送了你两盆仙人掌。"然后把图片截给他："看，是不是很漂亮？"

　　K 先生："不错，好看，今天刮哪门子风，竟然想到我了。"

　　我："人家哪天不想着你了。好好养着啊，可以减少电脑辐射的。"

　　结果，过了半个月，K 先生跟我讲，仙人掌死了。

　　死了！

　　我的妈呀，我是为了斩桃花，他竟然养死了，难道是他桃花太旺了？（内心崩溃。）我特别生气地质问他："仙人掌都能被你养死，你还能干点啥？为什么给我养死了？你是不是傻，竟然用凉开水浇花……"

K 先生："咋来这么大邪火啊，就两盆仙人掌而已。"

晚上回到家之后，七月跟 K 先生说："姐夫，听说你把我姐送你的仙人掌养死了啊，她一番良苦用心白费了。"

K 先生："啊，啥用心？"

我连忙插嘴："为了给你防辐射呗。"

七月在一旁哈哈笑："姐夫，我姐是为了给你斩桃花的！"

我：……

真是猪一样的队友！

K 先生"扑哧"一下，喝水差点呛着："我说你姐无缘无故突然送我两盆仙人掌，今天跟她说养死了，好一顿叨叨……"

我瞪了一眼七月，跟 K 先生说："你说什么？谁叨叨了？你说你办公室有没有桃花！还把我的仙人掌克死了！我不管，明天还得买，我要把你的桃花都扎死！！！"

K 先生："你说你，天天净整些神神道道的，要是有桃花，你扎死我！"

同居后的你，才是真正的你

我和 K 先生住在一起之前，每一次约会都是心存期盼，从周一盼到周末，见到第一眼就直接扑到怀里。

每次约会之前都要用心准备，洗澡、吹头发、卷发型、化妆、换上最好看的衣服，比平时上班用心十倍，精细到手指甲颜色、喷的香水都要跟上一次有区别，买的新裙子平时舍不得穿，要留着穿给他第一个看。

K 先生每次都把自己捯饬得干干净净的，出现在我身后，从身后抱住我（哈哈，其实有时候是我故意装作没看见他），那时候的 K 先生还会喷海洋系列的香水。

我们在一起有聊不完的话，就是极度配合对方正儿八经的胡扯和漫天扯淡。不见面的时候，视频、打电话能从晚上八点聊到凌晨五点，还要彼此很不舍地说一句："宝贝要抱抱，好舍不得你。"

然而，同居在一起你再说"宝贝要抱抱"，对方的反应一定是，九十度斜视眼神，加上一句："真恶心！"

001

他再也不是那个阳光酷 Boy 了。

K 先生日常在家的模式是这样的：打开电脑，开一罐啤酒，头上戴着耳机，嘴里叼着烟，光着膀子，穿着大裤衩，一边认真地打游戏，一边嘴里骂骂咧咧。

更过分的是，我还要给他端茶倒水，因为他说他忙得腾不开手。

这就算了，最让我气愤的是，他一边打游戏一边抽烟飘得到处都是烟灰，桌子上、键盘缝隙里、角落里……每次骂他，他都死性不敢。

拆招： 对于 K 先生掉烟灰这件事，绝不能轻易姑息。我每次打扫卫生的时候都不会打扫他的电脑桌及周边，他造的孽，他得自己处理。只要我发现很脏，就收拾他。

002

他再也不是那个跟我腻在一起的 K 先生了。

没住在一起的时候，看见对方后恨不得一天二十四小时做连体婴，上个厕所也要手拉手一起。

住在一起之后呢，吃完饭，他玩他的，我玩我的，仅有的温存，仅在睡前五分钟。

以前我们约去看电影，不管看什么都津津有味、甜甜蜜蜜。

同居在一起之后，我说："我们一起看个电影吧。"他会说："你喜欢看的我都不喜欢看啊。"

你装作小猫一样抱着他、蹭他、缠着他，他开始会配合你一下，没过一分钟就会不耐烦："去去去，你这样我太累了。"

以前睡在一起，他的胳膊一整晚都给你当枕头。

同居在一起之后，你还没睡着呢，他就把胳膊抽走了："乖，你自己睡吧。"

拆招: 他喜欢玩游戏，那我也玩游戏好啦。K 先生自从开始玩《王者荣耀》，每天晚上都打得热火朝天，后来我就下载了《阴阳师》，玩得比他还入迷、还花钱。有一次我从韩国回来，丢下行李，进屋躺在床上就开始玩游戏。K 先生憋了一晚上，睡觉之前终于说出来，他太委屈了啊，把我接回来，也不抱他，也不亲他，直接躺着玩游戏。呵呵，这就是报应啊！

003

你再也不是小公主了。

以前你跟他吵架的时候，生气几天不理他，他就会吓得屁滚尿流，连连给你打电话、发微信，小心翼翼地生怕哄不好你这位小公主。

同居一起之后吵架，他会觉得你就是一只天天只会生气的母老虎，完全让你自生自灭。哄你？不吼你就是有良心了。

你想治治他，不搭理他，只会让你自己憋到内伤。因为你每天还要跟他一起吃饭，睡在一张床上，没一天工夫总要跟对方搭上话。而只要你跟他说话了，他就自动认为你没事了。

拆招：不要生闷气，跟他撕！男人就是撕一次才能长一智。

懒得超乎你的想象。

之前 K 先生出门还知道喷喷香水，用个护肤品，甚至偶尔还想着贴个面膜。现在呢，你给他买成套的护肤品，他说你浪费钱，买完了，就放在那里基本上不用，其实就是早晨懒得过那一遍程序。现在只想送他一瓶大宝，一年用一瓶挺好的。

K 先生几十双袜子，什么时候脏袜子攒满一筐，什么时候洗。

拆招：让他懒在自己的范围之内，其他的就不要操心了！K 先生不用护肤品，只要每天洗脸、洗澡，让我亲得下去就行。堆袜子到一定程度，他自己会洗的，只要不满地乱扔，规规矩矩地放在他的脏袜子筐里就行，我从来没给 K 先生洗过一只袜子。

总之，同居之后的他，一定是打破你的底线，超乎你的想象。如果你见到真实的他，反而不喜欢了，觉得他不完美了，不是你想象中的那个人了，你开始挑对方毛病、开始吵架了，我劝你趁早放弃吧。因为你爱的那个人从来都不是真实的他。爱一个人就是，你有一千八百种毛病，可我还是喜欢你呀。

恋爱久了，那些相爱的细节我们都不会在乎了

七月姑娘特别兴奋地跟我描述，她一个同事的前男友对她那个同事有多好、有多细心。比如，在公交车上吃栗子，男朋友让她把壳吐在他手上；有一次她坐车晕车了，男的立马喊司机停车，跑下去给她买药……

当我看到姑娘一脸羡慕憧憬地描述的时候，我并没有感到她同事的前男友有多好。我细细想了下，似乎和 K 先生每天都有类似的细节，但是大多数时候我都不会在意，也不再有感动，只觉得那是对方应该做的事。而且如果对方做得没有达到心里满意的标准，还想一顿数落，觉得男朋友不合格。

比如我跟 K 先生走路的时候，他永远都让我走在里面，他在外面，不让别人碰到我；睡觉的时候会一整晚抱着我，我一直都是把他的胳膊当枕头；感冒了会做姜丝可乐；做饭的时候麻利地打下手，吃完饭就洗碗；天黑了，我以前自己一个人可以走回家，但是现在就会矫情地让他来接我……诸如此类的小事，生活上多得不能再多了，不仅不感动，我也越来越觉得理所当然。

有一天晚上 K 先生吃完饭没有立刻去刷碗，非要把那一盘 CF 打完，我一怒之下自己刷完碗，然后气鼓鼓地躺在床上玩手机。K 先生打完游戏之后过来逗我，我不理会他，还把他要伸过来的手给甩了出去……

再之后，K 先生急眼了：

"我让你放在那儿，打完游戏我就刷，你自己非要刷。"

"为什么不能吃完饭收拾利索了再玩游戏？"

"我这游戏开了，就不能停。"

"游戏有什么不能停的？就不打了能咋的？你宁愿让我不高兴，跟我吵一架，也不愿意停下手中的游戏！"

就因为一个刷碗的问题，我们争吵了一个小时，甚至说到跟对方实在过不下去了，性格怎么不合适，谁也不让着谁。而在几个月以前，K 先生没有跟我住在一起，每天的碗都是要我自己刷啊，他想玩游戏，我就刷一次碗又能怎样呢？现在回头想来觉得自己小题大做，还蛮搞笑的一件事情，但是当时就是不行，已经上升到完全跟这个人过不下去的高度了。

我总是用一些"男朋友的标准"来衡量 K 先生，完全忘了要用感激和包容的心态。大姨妈来了，男朋友就应该泡红糖水；只要过节，男朋友就应该送我礼物，给我惊喜；出差，男朋友必须得送站，回来必须得接站；逛街，就应该替我背包；吃东西，第一口应该先给我吃；晚上应该陪我看电影，不应该打游戏；上班临走之前必须叫醒我，还要亲我一下告别……我有很多标准，这些都是男朋友应该做的，如果做不到就是不合格的男朋友。K 先生要是忘了，我就会大发雷霆，说他不在乎我，第一时间想不到我。

情人节，他没有送我花，我会生气。

恋爱周年纪念日，他忘记了，我会生气。

他走路太快，不等我，过马路忘了牵我的手，我会生气。

……

我总是生气、埋怨，在乎每一件事的小细节。

我的口头禅就是："你根本就不是一个合格的男朋友，你看人家的男朋友都怎样怎样……"

一些人看来觉得特别感动的小事，我根本不看在眼里，更不会记在脑海里，不会跟别人说我男朋友都做了哪些事，只会抱怨说他哪些事没有做好。我希望他尽善尽美，达到最佳男朋友的标准，改掉我看不顺眼的坏习惯。而我忘了，完全忘了那个人在替你分担，在陪伴你。

或许很久之前我也感动过，只是和一个人相处久了就会变得依赖，甚至吹毛求疵，越来越矫情。自己以前可以把一桶水放到饮水机上面，现在矿泉水瓶盖都是 K 先生拧；自己以前出差一个人踩着座位放行李，现在都不会推着行李走路……

或许这种心态就是人们口中说的："时间久了再热烈的感情都会归为平淡。"平淡其实就是因为我们把对方的付出都归为理所当然，不会因为一件小事而感动不已，不会因为一件礼物而欣喜若狂，不会再因为对方哭泣或难过而整夜难眠。

这真的是一件很可怕的事情。越写就越觉得内疚，我做了一个决定：晚上给 K 先生做顿好吃的，而且我洗碗！

但是，对于这事深刻的认识，我是不会跟 K 先生讲的，以免滋生他的傲气，不惯着我了。

不租房不搬家不足以谈北漂

001

最开始认识 K 先生的时候，我和七月还住在天通苑。

那时我刚到北京，七月刚毕业，前途未卜，也没有什么职业方向，收入微薄。虽心有抱负，但对人生规划却没有具体概念，只是想着如何能在北京这个城市生存下来。

第一次租的房子是一个有三面窗户的大阳台隔间，每个月租金七百五十元。本来房间并不大，因为有个大阳台倒是显得宽敞许多，但是冬天的时候特别冷，风透过玻璃缝嗖嗖地往屋里吹。虽然拉了两层窗帘，依然挡不住寒冷，而暖气并不顶用，那个冬天我和七月都是靠着电热毯和小太阳维持过来的。

隔间是我们从二房东那里租来的。据后来了解，天通苑那一片基本上都是东北来的二房东，一个个凶神恶煞，要房租或者没事过来查房的时候，吆五喝六的。整个房子隔了七八户人家，在那里住了一年，住户我都认不全，基本没跟别人打过招呼。合租最麻烦的就是排队上厕所，尤其早晨起来赶着上班，那都是分秒必争，要么抢卫生间的水龙头，要么抢厨房的水龙头。晚上上厕所、洗澡什么的，指不定就要等到什么时候了。如果你没住过群租房，就不会理解每天没有人跟你抢卫生间的日子该有多好。

如果你在天通苑坐过地铁，应该会知道那队伍有多壮观，人群有多挤，有时候能挤上去全靠工作人员硬把你往里面塞。如果下雨的话，你得排半个小时以上才能走进地铁里面，外面的铁栅栏绕了好几大圈，人挨着人，一步多余的缝隙都不会留。

天通苑这种北漂一到北京就会选择居住的地方，位于五环以外，房租便宜，但几年以后房价也从两万多涨到五六万一平，租金跟三环也没差多少了。

那时我上班的地方在二环，大概是一个半小时的车程。每天六

全世界还有谁，比我们更绝配

点半就要起床，七点准时出门，坐五号线转二号线再转四号线，一年里能坐上座位的次数，掰着手指头就能数过来。

　　K先生部队驻地在西五环以外，天通苑在北五环，而他请假的时限是四个小时，每次他来看我，大部分时间都浪费在往返路程上了，我们能在一起的时间相当有限。后来我妹子也换了工作，吃不消每天在路上消耗大量的体力，我们商量之后就换到了一个比较中心的位置——牡丹园。

　　现在看来当时七百五十元的房租真的是很低了，但对当时只有三千块收入的我们来说还是压力巨大，每个月都穷得寅支卯粮，只能靠信用卡维持生计。因为第一年的透支，后来还了两年的分期才把信用卡清零。还清信用卡的那一刻心头如释重负，真像是一座大山一直压着你，那一刻终于农奴翻身把歌唱。

　　从天通苑搬到市里来以后，这几年我一次也没去过那里了，只要一提到天通苑，浮现在我脑子里的就是：堵！脏！乱！

002

　　虽然搬进了北三环，但是我们并没有租一个更好的房子的预算，租金加了两倍，房子却比在天通苑的更差，一千五百元只能租一个暗隔，屋里只有一张床、一个衣柜、一个书桌，这三样东西要紧凑地、不留缝隙地排列，才能空出不到两平米的空地来。进屋就得开灯，墙上只有一扇小窗户，然而并没有什么用，因为外面是走廊，我们是客厅的暗隔，不会有一点风、一点光照进来。这和天通苑的房子相比，简直天差地别。

节省了上班时间，节省了约会时间，但是觉得每天都被闷在一个格子里，不知白天黑夜，不知晴天阴天。隔音也差得很，隔壁帅哥又换了哪个姑娘，听声就能听得出来。

当时除了抢卫生间，还有个困扰就是我们没有地方晾衣服。屋里摆不下，客厅压根就没有了（客厅就是我们的住房，哈哈），我们只能把衣架放在门对门的走廊上，每次单人走路都有点挤，但真的没有办法啊。

大概住了半年的时间，不知道屋里的哪一户洗衣服的时候没插好洗衣机的水管，水从六楼一直漏到地下二层物业。房东直接不干了，给我们半个月时间，让我们这些租户全部搬家。当时那个心慌啊，虽然小破房子没什么好留恋的，但是如果找不到房子，可就要面临睡大街的窘境啊。

003

K 先生开始帮我在网上看房子，他建议我们不要再租隔断了，正儿八经地租个次卧，房租贵点就贵点，得住好。这就意味着房租又要涨三分之一，那时候觉得两千多的房租压力真的是很大，我和七月每个人也就几千块钱的工资，还要还信用卡。那时候的梦想是，我们两个人加起来工资能过万就好了，好卑微的梦想，却是生活切实的窘迫的需求。

虽然穷，但七月不是一个吃苦耐劳的主儿，不止一次抱怨天天看不见阳光，都快得抑郁症了。在他们俩的鼓动下，我就"狠心"找了个正儿八经的次卧，搬到了安贞门，房租两千一百元。

房间很明亮，大概有二十平，有个大窗户，有电视，还有一个一面墙那么大的书柜。看到书柜的那一刻，我们就毫不犹豫地定了，因为我们的书真的是太多了，有上千册，之前租的房子小，都是塞到柜子里、床底下。

我们在这个次卧住了两年的时间，隔壁主卧住着一对夫妻，对面小次卧住着一个不爱干净的理工男。唯一的困扰就是公共地带没有人打扫卫生。客厅和厨房，地面上一层灰，没有人主动打扫，卫生间的垃圾篓也是满到再也放不下一张纸了才有人忍不住收走。因为你每次都打扫卫生，时间长了，发现邻居们从来不伸手，就好气啊，所以我们也不想伸手了。后来实在忍不了，就跟他们商量每人轮流值日一周，就是拖拖客厅、厨房、卫生间的地板。

住满第二年，房东又不租了，人家要收回去自己住。我们又开始找房子，各种 APP，各种网站，这次终于租了一回没有中介费的房子，是个主卧，两千八百元。虽然是个主卧，当时我和妹妹还是觉得房租好贵呀，但是权衡再三还是忍痛租下了。房子只有两个房间，一个主卧，一个次卧，次卧住着一个大哥，每周五回自己家，每周日再回这里，而且他也不做饭，所以这个房子就是我们两个人住，总体来说，住得还是相对安静的。

004
◦◦◦◦◦

K 先生退伍，我们三个人一起住，就换了两室一厅的房子，房租也涨到了五千五百元。再后来又搬家，同样的地段，同样的平米，两室一厅又涨到了六千五百元。每次搬家就涨一次房租，涨一次房租就肉疼一次。

算算来北京五年，平均每年都要搬一次家，大部分都是租房时交了中介费，退房时莫名其妙扣了很多钱。每次搬家都是精神紧张，财务也紧张，你要准备押一付三的房租、一个月的中介费，还有一些搬家费、物业费、有线费、网费。没有三个月，财务状况都缓不过来，刚缓过来马上又要交下个季度的房租了。

搬了这么多次家，多少也有些经验了。能租到房东直租的房子很不容易，找中介是速度最快的，中介还得要找大的店，相对来说还是比小中介讲道理。像我们第一次在天通苑租的房子，不退你押金，根本就没有理由。小中介扣押金，给一些莫名其妙的理由，什么损坏啦，要打扫卫生啦，甚至说你一年没有交水费，几家平摊。所以每次再租房子，搬进去之前最好拍照、录视频存起来，以免以后中介跟你赖账，缴费单子也最好保存或者有记录，都是物证啊！

光是"搬"这件事也很有意思，最开始我和七月的东西，几个行李箱就搬走了，到第五年搬家的时候，我们装了两个半金杯车。从提着一个皮箱来，到后来慢慢有了自己的家当：饭桌、书柜、电视、沙发、洗衣机、风扇……除了没有自己的房子，差不多都齐全了。

所以，还是努力加油吧，少年。我和世界差的不是一个你，是一个自己的房子啊，房子啊！

我们结婚啦

我们结婚啦!

在 K 先生和我四目相对、眼角泛泪、牵着我的双手、因为激动大拇指不停地搓着我的手背的时候,我才感觉到这一刻的真实。

我的内心惊讶于,K 先生竟然比我更激动,看着他眼角湿润,我自己也忍不住想要掉眼泪。只是我们彼此都努力地、很有默契地微笑着给对方打气,不再盯着对方看。因为我们都知道,如果再多看对方一眼,眼泪就会忍不住了,哭相会很难看。

当我们回头面向观众的时候,我看见父母哭了,妹妹哭了,公公婆婆也哭了,一个个都是面带微笑,眼圈微红。是的,我嫁给 K

先生了。从所有人都反对开始，到最后得到了所有人的祝福，这一路的心酸不易，只有我们自己能体会吧。

K先生后来说，随着主持人的话音，当他转过身看着我的时候，这五年多来一起走过的经历都一幕幕浮现在脑海里，觉得特别不容易，所以戳了泪点。只是男子汉掉眼泪太丢人了，他一直在努力地控制自己的情绪。

妈妈说，女孩子出嫁的时候在自己家哭，如果到婆家掉眼泪的话，就有一辈子流不完的眼泪。幸好，我当时也忍住了。

在举行婚礼前，我被办婚礼这件事弄得身心疲惫。结婚前一天，七月姑娘举着相机给我录视频，问我结婚的感触是什么。我说："累！花钱！别的没什么了。"七月姑娘白了我一眼，说我真是没劲。她可能想让我表达一下结婚的感触、幸福的宣言，或者对家的不舍。

只是累，是我从订婚到结婚这一路走来最真实的感受了。

从宣布订婚那天起就进入了真正的流程化，光是一个婚纱照，从我们选出婚纱店到拿到相册，就耗时三个月。选婚纱店、预定日期、拍片子、选片子、看精修照片、提取相册，每一个步骤都要亲力亲为，活活把人折腾死。后来K先生说，他自己过去就行了，这么远我就别去了。我说，不行啊，这么远的路，你自己坐车多无聊啊，我还是陪着你吧。婚纱店就在世纪公园的对面，我们去了那么多趟，每次都说再去就去世纪公园里面看看吧，每次到了却都累得毫无兴致了，最终一次都没去过。拿到相册成品的那一天，我跟K先生都大松了一口气，可算是把这件大事给完成了。

再到后来，光是结婚当天的清单都让人看得头晕眼花，要准备各种各样的东西，制订蜜月行程计划，提前购机票。就是一个简单的喜糖盒子，都要耗费很大的精力，挑款式、挑糖果，买回来还要手工包装，尤其为了特别，我还挑了一款比较费工的喜糖盒子和拉花，搞得K先生叫苦连连，问我为什么不买那种把盖子一盖就成的盒子，为什么不买手一拉就可以变成花的装饰，搞得我很想揍他！

结婚就这么一次，你给我多少彩礼，买多大的钻戒，我都可以不计较，但是一定要花心思啊！

在这之前，我一直都没有办法想象结婚以后是一种怎样的生活，要面对公婆，进入一个陌生的家庭，要辛苦地孕育，要抚养孩子。仔细想想，哪怕等到孩子大学毕业之后，你的生活都将不得安宁。

我跟K先生说，人要是永远二三十岁就好了，不是一直年轻，而是可以一直这样独立自由、无拘无束地生活下去，再不济，至少让女人想什么时候生孩子就什么时候生也可以啊。男人凭什么六十岁还可以老来得子，女人三十岁以后就是晚育了。对于女人来说，美好的、自由的年华就那么几年，真的是非常不公平。

这是我跟很多女生一样会有的婚前恐惧症，害怕面对婆媳关系，害怕失去自由，即便我已经是大龄剩女，可是我一点都不恨嫁。我有个女同事，和男朋友恋爱七八年，家里看了黄道吉日，得知两个月后就要结婚的消息，直接吓哭了。女生就是这样，不管你们相处多久，爱得有多深，始终做不好把自己命运就此和另外一个人捆绑一生的准备。

可就在婚礼仪式的这一刻，我看着 K 先生穿着西装，帅帅地站在我面前，牵着我的手一直没有松开过，满脸都是洋溢的幸福和感动，我忘记了之前所有身心疲累的过程。我想不管未来有怎样鸡零狗碎的烦恼、生老病死的坎坷，只要他这样一直在我身边，我就什么都不怕了。

因为，嫁给你很值得！

你给的这份爱，足以让我抵挡任何风雨！

Chapter 3

驯服男友小心机

我们跟谁在一起都要磨合，
但不是跟谁在一起都心存爱意。
所以，好好珍惜有爱的感情，
慢慢修炼琐碎的生活。

如何培养一个会做饭的男人

001

K先生跟我住在一起之后，就替我分担了做家务的重任。

K先生是很勤快的人，炒菜做饭的时候，如果没有咸盐了，没有酱油了，他就颠颠地跑下楼去买回来。

但是，如果让他单独去买菜，那就完了，不是买多了就是买少了，要不就是买坏了。

有一次我让他去买青菜，他就买了几根油麦菜回来。

我问："这个菜多少钱一斤？"

"两块多。"

"那不贵啊，为啥就买了这几根？"

他一脸茫然地看着我："不够吗？"

我说："够，我们三个人（我、K先生、我妹妹七月）一人吃一口还是够的。"

等到下次让他去买青菜，好嘛，直接拿了两捆回来！

我问："菠菜很便宜吗？"

他说："还行，忘了问价，应该不贵。"

我说："那行，今天晚上就做凉拌菠菜、菠菜鸡蛋汤、菠菜……哎，菠菜还能做啥？"

他听出我在暗讽他菠菜买多了，就嬉皮笑脸地说："啥都行，你看着整，我跟你说，我就特别爱吃菠菜！"一边说一边举起双臂弓起二头肌，"我是大力水手派派！我爱吃菠菜！所以我力大无穷！"

我："你是大力水手？呸呸！别搁那儿装腔作势了，你那胳膊上都是肥肉好吗！择菜去！"

002

有一天破天荒，他发微信跟我说：媳妇，我买了一袋黄瓜。

怎么还知道主动买菜了？

过地下通道，有个老太太在那儿卖菜，十块钱给一堆。

我说：好，老公太棒了。

晚上拍黄瓜的时候，发现这些黄瓜都蔫得发白了。

K先生说："这老太太真不厚道，以后再也不买她的菜了。"

我说："哈哈哈，你自己瞎还怪人家，你不会看看、摸摸呀。"

好吧，没过几天，他又在老太太那里买了一把蒜薹回来。

我说："小伙，你不是说以后不买老太太的菜了吗，你看这蒜薹炒出来都不能吃，忒塞牙。"

K先生说："唉！我看她一把年纪了，也挺不容易的……算了，就照顾下老人家嘛。"

我："呵呵呵！照顾老人家可以啊。"把菜往他跟前推了推，"不过不能糟蹋钱和粮食对不对，你吃完吧！"

对于 K 先生买菜，我是彻底不抱希望了，不管买多买少、买好买坏，照单全收就是！并且还得夸他，不夸不行啊，不然会打击他勤奋顾家的积极性。

不过，K 先生一直以来做得最让我暖心的一件事是，我做饭的时候，他会搬个小马扎坐在厨房门口，一是随时听我使唤，二是陪我聊天。

下厨房的人都知道，择菜啊，洗菜啊，切菜啊这些烦琐的事情做完，到了炒菜，尤其是炖菜的时候，几分钟的碎片时间，想分心去刷刷手机什么的根本来不及，就那么看着锅冒热气也是巨无聊。自从我跟 K 先生抱怨了一次之后，他帮我打完下手，每次就坐在厨房门口陪着我，现在都成一种习惯啦。

我周末比较喜欢熬夜、睡懒觉，没有什么事情的话，基本上都是下午起床。如此一来，作为"家庭主妇"的我就不会给他们两个做饭。

而且，我是一个起床气特别大的人，如果没睡好就被叫醒，我会发飙！包括回到家里，我父母也不敢随便叫我起床，而是等到我自己醒来。

K先生第一次叫我起床，是因为叫了外卖，让我起床吃饭。刚开始我困得懒得搭理他，但是他好像非得把我叫醒不可。

K先生在床边推我："宝贝，都一点钟了，起床吃饭吧！"

我真的很想起来踹他，但是没办法，睡意正浓，睁不开眼："你就是吃龙肉也别叫我！能不能让人好好睡觉啊！"说完就翻身滚到墙边上去了，心里想着：真烦！

也不知道K先生是被我镇到了，还是被我伤到了，打那以后，他周末再也没叫过我起床。经常是我醒了，看见他戴着耳机坐在沙发上玩游戏，窗帘不敢拉，灯也不敢开。

005

不过，因为我周末赖床，逼得K先生学会了一项技能，就是做饭！

K 先生不会做饭，我妹也不会做饭，周末我又总是睡到下午，他俩总不能老是订外卖，等饿得大眼瞪小眼（K 先生是小眼，哈哈）的时候，K 先生就开始硬着头皮去厨房煮面条。

你还别说，K 先生煮的面超好吃！我这个人一直以来都不擅长做面食，K 先生是山东人，用他的话说，没吃过猪肉还没见过猪跑啊，所以不管是炝锅面还是炸酱面，都做得有模有样。

时间一长，K 先生的野心不只是做面条了，还开始给我们烙饼、做疙瘩汤、包饺子！每次 K 先生端出佳作，我跟妹妹都惊呼："太棒了，太厉害了！"

以前从来不下厨房的男人，现在一段时间不露一手，自己都手痒。

渐渐地，K 先生还能上手炒菜了，炒个土豆丝啊，炖个鸡块儿啊，基本上都没有大问题。我加班或者累得不想做饭的时候，让 K 先生招呼一顿饭完全游刃有余。

门口的小板凳真是没有白蹭！我真是一个心机 Girl，哈哈哈。

如何整治离家出走的男人

001

一天晚上和 K 先生吵架，半夜两点，他气哄哄地收拾行李要走。

我寻思：这下完了，彻底把他惹怒了。我心里盘算着：第一个方案，哭得梨花带雨地抱着他，不让他走，跟他说我错了。第二个方案，虽然夜已深，但还是去敲七月的房门，此时有第三个人出来说话，就不会陷入死局。

在我权衡再三之后，觉得第一个方案太丢人了，怎么能承认我有错？

　　他还在收拾东西，衣柜、阳台的衣服一件件往里放，连刮胡刀都装进去了。我给了他一个眼神，冷哼了一声："呵呵，有种走了以后就别回来！"然后"砰"地把卧室门关上，去客厅了。

　　然后，我默默地、悄无声息地走到了七月的房间前，轻声敲门把她叫了出来："你姐夫现在收拾行李要走呢！"

　　七月迷迷糊糊地睁开眼睛："你们又吵架了？我怎么一点动静都没听见？这大半夜的干吗呀，他要去哪儿？"说完，不出我所料，七月直奔我们的房间去了。

　　七月问他："姐夫，你这大半夜的要去哪儿呀，怎么又跟我姐吵架啊？"

　　K先生用一副特别委屈、欲哭无泪、好似我欺负了他、终于找到了人倾诉一样的语气说："我也不知道怎么就惹到她了……"

　　别问我怎么知道，我在客厅竖着耳朵偷听呢。

　　后来，七月把我叫到房间里，经过她的调停，我们决定先睡下，有什么事明天再说。其实吧，刚刚在客厅听见他一副委屈的语气，我就心软了，后悔自己有点作，不该发脾气，但是心里还是气他不让着我，还要离家出走，跟谁横呢！

第二天早晨Ｋ先生醒了，发现他浑身都是抓痕，肚皮上竟然有一道十几厘米长的痕迹。

他一脸惊恐地看着我说："你对我做了什么？你看你把我挠得。"

我也很惊讶，只记得昨天晚上睡觉时怨怒难消，半睡半醒间，迷迷糊糊地在他身上抓了几把。这家伙睡觉太死，愣是没醒过来，我也就迷迷糊糊地睡着了。

"我不知道！"我沉着脸，心里却想笑。

"你挠我就算了，你是不是拿刀在我肚子上划拉了？"Ｋ先生一边说一边比划着他肚子上那差不多有十几厘米长的红色痕迹。

他居然能联想到我半夜拿刀划他肚皮。看他在那儿比比划划的样子，我就没忍住，哈哈笑出声来："你是不是傻！用刀的话，怎么没流血，疤也不深！"

看见我笑了，这家伙表情瞬间放松了，空气里弥漫着的冷战的硝烟顿时消散了。

他虽然埋怨但还是带着笑意说："那这么长的口子，我不信是指甲划出来的！真是最毒妇人心！"

我当时想：完了，没绷住！跟我玩离家出走，我还没让他得到教训啊！昨天晚上不是想好了要一个礼拜不搭理他吗！

我阴着脸说："别废话，赶紧收拾行李走啊。"

他往床上一躺："我那就是吓唬你，我才不走呢，我还交了好几个月的房租呢，撵我我也不走！"

我："……"

我心想，下次一定不能这么快给他好脸色看！男人不能惯，越惯越浑蛋。但这次是没机会了。见好就收这点女性的基本道德我还是晓得的，再去争谁对谁错就没意思了。

002
∞∞∞∞

果不其然，凡是第一次没治好的，肯定还会犯第二次。

两个月之后，K先生又开始使用"离家出走"的伎俩了。

忘记当时为什么吵起来了。我让他滚。

他气哄哄地收拾行李，一边收拾一边说："好，我滚！"

我心想，又来这套，这就是上次没有根治他错误行为的后遗症啊。

我就坐在一旁静静地看着他，不说话也不阻拦，也没去叫七月来调停。

中途他给朋友打了个电话："××呀，你现在住哪儿呀，好久没见了，一起吃个饭吧？"

噢……他这是把离家出走的决心晾给我看啊，看见没有，人家已经找好后路了。

呵呵哒！

我看他把我叠好的衣服胡乱塞到行李箱里，全都皱了。

"行了，行了，你走开，我帮你收拾！"

（小样，嘚瑟！）

果然，他见我不留他，反而帮他收拾行李，就有点蒙了。虽然他没说话，但是我从他一闪而过的眼神里看出来了。

他说："你收拾吧，我下楼去透透气，一会儿上来拿行李。"

说完，摔门而去。

正值冬天，外面挺冷的。我都刷了一集韩剧了，他还没回来，就给他打了电话。

"在哪儿呢？"（冷漠）

"在花园呢。"（强硬）

"噢，啥时候回来？"（装淡定）

"不要你管。"（强硬）

"哦……"（无所谓）

挂了之后，我心想，这家伙不错啊，很硬气！结果没过两分钟，他带着一身寒气，从外面风尘仆仆地回来了。

我说："哟，回来拿行李啦。这气透得不错啊。"

结果，他上来一把抱住我："我都快冻死了，你摸摸我的手。"说完就把手往我脖子里塞。

"去去去，冻死你活该。"

"没有……出去这会儿我做了深刻的自我反省，媳妇，我错了！咱不闹了，啊？"

"不是吧，两分钟之前，你不是还很硬气吗？"

"刚刚脑子有点儿抽抽，现在瞬间反省过来了！我有错，都是我的错！"

"是不是我不给你打电话，你就不准备回来了？"

"你还说呢！我在元大都转了一大圈，又在我们家楼底下抽了两根烟，你才给我打电话，我都要冻哭了。"说完又把双手往我脖子里塞，"快给我焐焐！"

"滚蛋！我跟你讲，这就是你离家出走的下场，你今天要是拿着行李走，我是绝对不会给你打电话让你回来的。"

好吧，他一认错，我又心软了，本来还想好好治治他……算了，算了，都在外面冻了这么半天了。

果然女人都输在沉不住气上，每次吵架都觉得自己没发挥好啊！

不过这以后，K先生倒是再也不跟我玩"离家出走"了。

003

后来，我在朋友那儿听到的版本，K先生是这么说的：

"女朋友就不能惯着，丹丹给我脸色看，我就不搭理她，摔门走了。最后怎么着，她还得给我打电话，乖乖求我回来……"

七月跟朋友说的版本是："丹丹老狠心了，吵架了，冬天大半夜的把姐夫赶出去了……"

我："……"

以上两个版本我都无言以对。要是否定K先生，那是不给他面子；要是否定七月，那是灭自己威风。

你们开心就好！

如何严惩喝酒到半夜归家的男人

K 先生发来消息说："媳妇儿，我有个事儿要跟你汇报一下。"

我猜肯定没好事，一定是晚上不回家吃饭之类的。

我故意说："不用汇报了，晚上回家说呗。"

"同事跟媳妇吵架了，心情不好，让我陪他吃个饭。"

"呵呵哒！十点之前回家。"

"好嘞！么么哒！"

结果，K先生半夜十二点多才醉醺醺地到家，进门之后我就没给他好脸色看。

"为什么回来这么晚？你看现在几点了？"

"还好吧，才十二点多，明天又不上班。"

"可是你答应我了，十点之前回家，而且不会喝多，你这是不遵守承诺。"

"哥们儿心情不好，就多聊了会儿。他跟媳妇吵架了，我得安慰他呀。"

"哥们儿安慰完了，那你就等着回来跟自己媳妇也吵一架呗？"

"我错了，好不好。我跟哥们儿讲了好几遍，我得回去了，要不我得回家跪搓衣板了，但是他不让我走啊。你说，他正心情郁闷着呢，我不能说走就走啊。"

（给个大白眼）"行，既然你不能节制好自己，喝到大半夜，醉得像傻子一样，唯一的方法就是以后不要再跟这个哥们儿喝酒了！做人要遵守自己的标准是不是？说十点多回来，那就得准时回来。哥们儿闲着没事，喝点酒也没关系，喝好就行，干吗非要往死里喝？再说也不是庆祝，也不是Party，就两个人，都控制不了自己？"

K先生据理力争，还有点生气地说："我不嫖不赌，再不喝点酒，你觉得我还是爷们儿吗？"

"难道你不是站着撒尿的？"

"那……我需要自由！我也有自己的朋友，需要交际。再说了，我这一个月才出去喝一次酒！"

"我没给你自由吗？不让你交朋友了吗？不让你出去喝酒了吗？我们说的是：你！喝酒到半夜！才回家！好不好！而且醉醺醺！"

"亲爱的，我头晕……你给我倒点水呗。"

（递了杯热水给他）"人家怎么说的，世界上最厉害的人是说起床就起床、说睡觉就睡觉、说做事就做事、说玩就玩、说收心就收心的人。我给你加两句：说喝多少就喝多少、说几点回家就几点回家……"

"宝贝，我还想喝点水。"

我："……"

他已经开始耍无赖了，根本不跟你好好聊天。

002

K 先生又一次喝完酒回家，开门说的第一句话（一副做贼心虚的样子）："宝贝，我跟你说我今天可没喝多。"

"是吗？没喝多呀？喝了几瓶？"

"就喝了几瓶啤酒。我真的没喝多，不信你闻闻……"说完，他就伸着脑袋往我脸上凑。

我凑上去一闻，还真是酒味不重的样子。我仔细考虑了三秒钟，给了他一个大腿拧："没有酒味不代表你没喝多！我看你的状态就是喝多了，说话发飘，走路都站不稳！"

K先生龇牙咧嘴地躲到一边去："媳妇，太晚了，我们睡觉吧。"

"你还知道晚？！等你一晚上，我脸上皱纹都多了好几条，你想把我熬成黄脸婆吗？"

我还没说完，他突然走过来，两只手托住我的脸，目不斜视。

我说："你干吗？"

他一脸认真地说："这小脸红扑扑的，眼睛水灵灵的，姑娘，你今年有十八吗？"

"给我滚！"

好嘛，第二天我才知道，他这次喝酒回来，明明喝醉了，身上却没有浓重的酒味的原因——这家伙进了小区之后直奔便利店，买了瓶矿泉水，在楼下漱口半小时！

K 先生提前两周给我汇报，说他下下个周六同事过生日，要请他吃饭。

我这么善解人意、温良淑德的女子，肯定二话不说就答应了。

到了这天，我还特意给他挑了身衣服，叮嘱他不要喝太多，早点回家，顺便回来的时候给我买包瓜子。我周末在家闲着没事，就想嗑瓜子刷电视剧。

我是很喜欢嗑瓜子，不过叮嘱他给我带是有小心机的，一是让他有个事惦记着，如果太晚回来就买不到；二是如果他喝多了忘记买，我就有理由治他的罪了。

十点钟，K 先生跟我说："媳妇，我马上就喝完了。"

我说："好，早点回来。"

十点半的时候他跟我说："媳妇，他们又要了一箱。"

我说："呵呵，你自己看着办。敢从通州那么远的地方打车回来，打断你的腿。"

十二点钟，他发消息说，他已经下地铁了，马上就到家。

我装作生气，也没有回他消息。

半个小时过去了，人还没到。我们家离地铁也就五六分钟路程，就算他喝多了也不至于走半个小时吧。我寻思，坏了，不是喝醉了倒公园里睡着了吧，这大冬天的，还不把他冻死。

我刚拿起手机，准备开门去找他，就听见他拿钥匙开门的声音。一进屋，他一脸贱兮兮地笑着说："媳妇，我没喝多。你看，我还给你买了瓜子。"

他没进门我就看见了，"这么晚了，在哪里买的？"

"哎呀，别提了，我绕着这个小区走了一大圈。你都不知道我走了多远，冻死我了，才找到一家开着的小店，只有这个牌子的瓜子。媳妇，你觉得行吗？"

"大半夜的给我买瓜子，你当我是耗子啊？"

这次，看在他没有忘记我嘱咐的事情的分上，只好选择原谅他了。

004

其实，我不讨厌男生抽烟喝酒，只是不喜欢男生一喝酒就要喝得酩酊大醉。

所以，每次 K 先生出去喝酒，回来都会一再强调，他没有喝多！

"宝贝，我没喝多，你看我多清醒。"（摊开双臂）

"我没喝多，就是头有点晕，喝点水就好了。"

"我没喝多，不信你考我。"

之前每次他强调自己没喝多，我都会给他提问，只要答不上来就是喝多了。

从最开始的我的阳历生日、阴历生日、恋爱纪念日到我妹的生日、我爸的生日、我妈的生日……回答对了就没事，回答错了就罚钱。要是这些问题太简单了，就开始升级，从加减法考到乘除法，要是难不住他，我就准备给他升级到数学公式了。还好，按照 K 先生的智商，考到乘除法他就蒙圈了，每次都乖乖等着罚钱，还老是让我考他。我真是很无奈，我又不缺钱（摊手）。

这几次，K 先生出去喝酒竟然十点多就回家了。按照他的原话，现在他同事叫他喝酒，都会让他快点喝，早点回家，要不以后我就不让他出去喝酒了。（K 先生，你真是娶了一个恶媳妇！）

我觉得更大的可能是，他的私房钱应该是被罚没了，发不起红包了。

如何拯救不会穿衣服的男人

昨天，一个妹子跟我一顿吧啦吧啦大吐槽：

现在的男人简直没救了，自己不会穿就算了，给他买衣服还不穿！

成天就知道穿那些灰了吧唧、老气横秋的衣服，故意"扮老"是什么心态？

你知道我为什么给他买衣服吗？我就想让他穿得年轻一点儿，看上去不要那么村！也不是要你长得多帅、身材多好，至少看上去要像个年轻人吧！

唉，他就喜欢穿 Polo 衫，给他买的 T 恤不穿！哪个男人没有一件白衬衫啊？给他买了一件白衬衫，竟然让我去退货！你知道吗？给他买的一双 Vans 的帆布鞋，他不穿，天天就喜欢穿他脚上的那一双，那双鞋还是他大学的时候买的，边上都刷得起毛了！

还有，我真不知道男人是怎么想的，同一个款式的衣服竟然可以买三件不同的颜色，就因为觉得那件衣服好看？！我连沐浴液都不能用大瓶的，同一个东西用时间长了，不会腻？！

而他呢？两年前买的一款鞋，他觉得那双鞋不错，坏了之后，竟然去同一家店找还有没有那款鞋子！是不是有病？为什么不想着买新的款式？

妹子越说越气愤，一脸无奈、一脸嫌弃、一脸鄙夷，表情错综复杂地咆哮：你以为我是在给他买衣服吗？男人的形象关乎到女人的面子，我不是给他买衣服，我是在给我的"脸"买衣服啊！要不怎么带他出去见朋友、见同事？说着，还用手拍了几下自己的脸。

我在一边笑得肚子疼。我这笑声还没落地，K 先生突然拍了一下我的脑袋，说："你看看人家，你就不能好好照顾一下你的'脸'吗？"

"用不着！我的'脸'挺好的。"

不过，我要奉劝妹子们几句。

001

对男人真的不要太操心。

男朋友不会穿衣服，还不配合自己穿给他买的衣服。姑娘遇到这种事，确实有点糟心。大多数情况下，女生的眼光会比男生的眼光好一些。但是吧，个人习惯不是一朝一夕就能改变的，你想让他改变，想让他也喜欢你喜欢的东西，是需要长久磨合的，甚至相处好多年才能被你潜移默化地改变，可能他自己都不知道。不仅是穿衣打扮，还有双方的性格、行为、习惯，都要抱着打持久战的心理。

002

换个想法。

我以前有个男同事，平时穿衣服总是乱七八糟，胡乱搭配，有一次我忍不住吐槽："你怎么老是搭配得奇奇怪怪，女朋友不管你吗？"

同事说："女朋友平时不管我，只有跟她一起出去见朋友的时候才会给我打扮。我觉得我穿得还好吧？"

"哈哈哈，挺好的！"

其实我说的"挺好的"，是指他的女朋友。人家这么做不也挺好的吗？男生嘛，平时穿得干干净净就行，只要不邋里邋遢，看上去很脏，平时爱穿啥穿啥，甭管他。打扮得太好看了，万一被外面那些妖艳贱货抢了去，咋办？只要跟你一起出门的时候，按照你的标准给他打扮一下就好啦！

女生最重要的是，自己要好看 and 怎么才能更好看！

PS：其实我也忍不住跟男朋友吐槽：你们男生为什么都不会穿衣服啊？

K 先生回道：谁说的，我三岁就会穿衣服了！

真是，你丑你有理！

如何避免被琐事消磨爱情

七姑娘谈恋爱了，没想到和男朋友在浓情蜜意、恩恩爱爱几个月之后，也开始进入了抱怨状态。

要知道，七姑娘一直以来都是灌输鸡汤的小能手，我跟 K 先生吵架，总是她在中间劝和并灌输大道理。

例如：你说两个人在一起多不容易呀，这么多年了，就因为一件小事情闹得要分手，离家出走，至于吗？

又如：你们是要在一起一辈子的人，现在就因为这些鸡毛蒜皮的事吵架，以后就有吵不完的架，多替对方想想不可以吗？为什么彼此不能做到柔软相待呢？

呵呵呵，那时候我就给她一个冷漠脸：等你谈恋爱，你就知道你说的这些大道理能不能做到了！

七姑娘当时跟我说：以后我有男朋友，绝对不会像你这么作的！

今天，七姑娘在跟我吐槽跟男朋友相处的种种不适的时候，我有种幸灾乐祸的心情：你终于知道情侣在一起多么不容易了吧，知道那些大道理多么形同虚设了吧！不在其位，不知其苦啊！

七姑娘：他的衣服穿反了，我告诉他，他竟然懒得换过来，就那么穿了一整天。

我：也许他觉得不影响穿，不仔细看也看不出来穿反了，男人本来就很糙。

七姑娘：他喜欢的东西就强行让我也喜欢，有时候我配合得特别累。我们一起坐火车，他的手机里只单曲循环放一首歌，而且是粤语歌，我一点都不喜欢听，他非要把耳机塞给我。各听各的不好吗？

我：他就是把喜欢的东西跟你一起分享嘛！

七姑娘：就是特别烦，昨天晚上我俩都在看书，突然他就跟我讲，他那本书里面有一段文字特别好，非让我看看。但是我正在津津有味地看自己的书，根本就不想分神。

我：那就配合他看一下嘛，也用不了几分钟。

七姑娘：难道他不应该为别人着想一下、尊重一下别人吗？

……

七姑娘跟我吐槽男朋友的种种劣迹，归为一点就是：生活细节让两个人备受折磨。

或许每对情侣性格不同，面临的问题不同，但是，因为习惯、行为模式产生的种种不和，却是千千万万对情侣在生活中都不可避免的。

很久之前跟一个朋友吃饭，他刚新婚不久，就眉头紧锁，开始吐槽自己的家庭状况，说他跟老婆性格太不合适了，两个人因为洗菜顺序都能吵一架。虽然外人眼里看到的不过是些小事，但也看得出来他备受煎熬。

想到自己，虽然我跟 K 先生也时常发生各种冲突，但是对于生活习惯这一点，我还是万分庆幸的。因为我们两个都属于心大的人，活得比较随意，只要不是碰触对方底线的事情，还是很少有争执的。所以，今天就尝试性地给那些被生活细节折磨的情侣提几条小建议，能不能用得上，请君随意吧。

第一，尊重对方的习惯，不要强迫别人。

比如，我习惯牙膏从后面挤，牙刷一定要朝上面放，而 K 先生却总是从中间挤牙膏，牙刷也老是倒着放在杯子里。但我从来没有跟他提过这件事，我用的时候会把牙膏重新挤好，把他的牙刷顺手放正。我从来没想着让他改，或者训斥他。

生活习惯只是习惯，没有对的方式，也没有错的方式。你觉得按照你做的就是对、他做的就是错，这本身就是不公平的。

或许每个人都有不同方式的强迫症，但是你要明白，你只能强迫自己，不能强求他人。如果按照你的标准来要求别人，会给无辜的心灵带来无形的压力！他会觉得跟你在一起不舒服，觉得你事儿多，如果态度恶劣一点，那就是一顿争吵。

说到这儿，我想起来以前有个大学室友，借用她的东西，从哪儿拿的必须原封不动地放回原位。有一次我借用了她的洗发水，放回去时位置有点偏了，她就嘟囔了好几句："我的洗发水瓶子是靠着护发素的，不是靠着沐浴露的。"赶紧给她摆正位置之后，我以后再也没碰过她任何东西。当然，你可以说，借用别人的东西就应该按着人家的标准放回去，无可厚非。但是我为什么再也没碰过她任何东西了呢？因为，我有心理压力了啊，无形中被约束了，不想再靠近她。所以，在生活中，我也时常提醒自己，不要因为自己的一套标准，给别人带来压迫感。

第二，"学会配合"是成人世界的潜规则。

像上面说到七姑娘的男朋友总是把自己喜欢的事跟她分享，而她为什么就不能表达自己不喜欢呢？

我认为，每个人都有权利表达自己的不喜欢，但是不要让对方心里受伤。一个人把自己最喜欢吃的东西、最喜欢听的歌、最喜欢去的地方，迫不及待地要分享给你，这也是爱你的表现嘛。如果你总是拒绝，难免他以后就不想跟你分享了，而这样的结果就是，两个人的距离越来越远。

我们都是独立的大人，笑点、泪点、爱点、兴奋点不一样，都很正常，但是"学会配合"，不只是情侣也是成人世界的潜规则。我为什么要对你感兴趣的感兴趣？因为爱呀！

我老妈每次给我打电话，吧啦吧啦说的都是家长里短，无非就是隔壁老李家的闺女找了个什么样的男朋友，大舅家的表哥在哪儿买了房，谁跟谁跑破鞋被老公打了……你觉得我对那些家长里短感兴趣吗？但是，我极其愿意听她跟我唠叨，还时不时地配合她："是吗？""怎么这样啊？""太有意思了。"那就是她的世界，作为女儿，我只有听她唠叨，才能了解她的生活，也更是因为我爱她。

一个人在尝试跟你分享一切的时候，就是孤独的灵魂在寻找依靠。试着多一点耐心，学会配合，不要因为配合而觉得自己装得很累、很委屈，豁达一点。其一，有时候你只是配合一下给个笑脸、给个回应而已，耽误不了什么。其二，对于你爱的人，你真的不愿意多了解一些他的喜好吗？

第三，以人为本，其他都是身外物。

我不知道你们有没有遇到过这种情况，对方不小心弄坏了你非常喜欢的东西，因此大吵一架。比如，男朋友打碎了你的香水瓶、弄断了你的口红、把你下狠心花了一个月的工资买回来的包包随意地扔在地板上、把你的裙子戳了个烟窟窿，你就很生气，觉得他不应该乱碰你的东西，觉得他不爱惜你的东西。

我说实话，如果男朋友把我特别贵重的东西给弄坏了，也难保我不会炸毛。但是，平时一些小事我还真是不会跟他计较，东西它就只是个东西，你现在喜欢的不可能珍爱一辈子，过了几个月、几年你自己就会把它扔掉了，但是你身边的这个人却是要陪我们一辈子的。因为一个物件的损坏发生争吵，真的没必要，大不了让他再赔你一件嘛。如果你非要说你那个东西是独家限量定制版，不肯原谅，我觉得你想得就不是很明白了。这世间只有陪在我们身边的人最珍贵，任何物品都只是你的陪衬而已。

这话说得有点大、有点虚，我突然想到了一件小事。

记得小时候，家里挺穷的，我上中学每天要步行三里路回家，而同龄的小伙伴都是骑着父母给买的专用自行车。终于，在我中考的前一天，父亲给我买回来一辆女式的蓝色自行车。第二天我忙着去考试，停车的时候发现忘记带钥匙了，但是没办法，我要进去考试，就没锁，半合上放在停车场了。你猜到了，考试出来，自行车就被人偷走了。那天我哭了一路回家，担心爸爸会骂我。我回到家跟父亲说了自行车的事儿，看得出来他心疼了一下，但是他并没有说一句责怪我的话，只说丢了就丢了吧，让我下午好好考试。我当时心里特别感激父亲，这也对我后来做事有很大影响。

为什么这样说呢？首先，这是我们家这么多年来买的第一辆新的自行车，还没在我家待够一天，就被我弄丢了，我真的很愧疚。如果父亲骂我，我也做好了心理准备，本来就是我的错。但若父亲当时真的骂我，或许我会反抗，说我也不愿意丢，都是为了考试。

他没有骂我，我心存感激，会在心里记一辈子。

所以，做错事的人，心里都是有愧疚感的，你不跟他计较，他会更感激你。尤其是那些身外之物，真的没那么重要。

第四，别太挑剔，不是什么都按照你的来才完美。

上面提到过，夫妻因为洗菜顺序都能吵一架，他觉得要先洗这个，她觉得要先洗那个，这点是我不能理解的。先洗哪个菜，把菜切成什么样儿，先放酱油还是先放醋，他愿意怎样就怎样呗，这点小事都要对方顺着自己，何苦呢。

有一个人愿意跟你一起分担家务事，就是一件好事，如果你愿意的话，甚至是一件很享受的事。做饭的时候，我特别喜欢让 K 先生帮我打下手，一来可以减轻我的劳累程度，二来有个人陪着你，不无聊。但是按我的标准，K 先生绝对不是一个称职的帮手，他永远摘不干净也洗不干净青菜，他切的土豆丝像筷子一样粗，拍个黄瓜溅得满厨房都是汁儿……在他"利索"地做完这些事的时候，我都要说："哎呀，老公辛苦了。"之后，我会把菜重新摘一摘，重新洗，愿意的话把他切完的菜改改刀，懒的话就那么炒着吃。

他愿意为我做这些事，我就很开心了，虽然不是很完美，虽然我还要二次加工，但也比都是自己做省事儿了。为什么我不要求他一步到位呢？呵呵，如果真的是这样，我们在厨房里就永远有吵不完的架，然后，他就会再也不想进厨房了。

生活上其他的事情也是如此，要怀感恩之心，或许对于对方你就没有那么多刺可挑了。

第五，生活细节的磨合，是一辈子的事。

那为什么刚谈恋爱的时候发现不了这些缺点呢？因为，刚恋爱的时候大多数人都是抱着"只要你开心就好"的心态，即使有些习惯不一样，大脑也是自动屏蔽的。相处久了，心态就会放松下来，想活得轻松自在，不再端着了，大脑认为你是自己人了，所以，你眼里的缺点就一点点地暴露出来了。

我相信不管多相爱的情侣，多完美的人，只要是两个人在一起生活，被这些细碎的事情折磨是一辈子都无法避免的。我们会一直处在面对各种各样的问题、解决各种各样的问题之中，在无数次争吵后和好，再无数次和好后争吵。而这一点，你是要做好心理准备的，没有一劳永逸，没有永不再犯。

既然在一起，我就不希望看到你因为这些小事情动辄上升到三观不合、两个人不合适的程度上。来日方长，人和人之间就是互相磨合出来的，要不你让我，要不我包容你，没有人跟你的想法、做事是同步的。

我们跟谁在一起都要磨合，但不是跟谁在一起都心存爱意。所以，好好珍惜有爱的感情，慢慢修炼琐碎的生活。共勉！

生活琐事过不好，精神共鸣就是扯淡

在我遇到 K 先生之前，我觉得我要找的另一半一定要和我志趣相投，有共同话题，长相嘛……过得去就行，精！神！层！次！很！重！要！（虽然我也不知道我在哪一层！）

后来，等到真正谈恋爱的时候就发现，所谓的共同话题并不是我们自认为的那些条条框框——他要跟我一样喜欢读书，喜欢 ×× 作家，对 ×× 领域有了解……事实上我们的生活还有很多元素，比如喜欢吃的食物、喜欢的电影、行为习惯、处世观点……这些方方面面都会关系到我们跟那个人到底是不是志趣相投。单一地去追求精神层次，真的是太武断而不明智了。（你这样会错过很多恋爱机会的！）

身边有很多大龄单身狗，女孩子多一点，抱着那种"绝对不轻易谈恋爱，要找就找靠谱的"心态，一定要各个方面都满足她的要求了，才有勇气尝试跟人家更近一步。若是中途发现男方有未达到她标准的地方，就会忧虑地停止了，怕将来跟对方没有共同话题。我只好在一旁给个白眼。啥是共同话题呀？追求精神层次这点，其实是你太高估自己了好吧。怎么就聊不到一块儿去了？这大好人生，这花花世界，跟喜欢的人在一起，还怕没的聊？

我们要搞清楚，你是先喜欢一个人，然后才跟他有的聊，不是跟他聊得来，才喜欢他。往往我们都是本末倒置，先设定好条件去选人，而不是跟着自己的心走，寻找爱情的感觉。

如若你真的喜欢一个人，和他在一起就应该有扯不完的犊子，做不完的事儿。

喜欢一个人，你跟他干什么都觉得有意思，哪怕是轧马路、溜河沿。

喜欢一个人，看一场超级无聊的电影，却能乐得哈哈大笑。

喜欢一个人，哪怕不说话，在一起待着就觉得很美好……

喜欢一个人，会让你不由自主地找话聊，根本不怕没话聊。

聊不聊得来，不完全取决于精神共鸣，就像男人喜欢打游戏，女人喜欢买衣服，这样的差距在男女之间永远没办法达成一致，但是一点都不妨碍情侣之间的打情骂俏。

比如我永远都是追着韩剧，而 K 先生打开电视永远都是选综艺节目，要不就是郭德纲相声，要不就是小品，还有我认为很奇葩的是，他超级喜欢看拳击比赛！在这个休息时间段，我们是没有办法得到共鸣的，我们互不理解，但也互不打扰，感兴趣的时候就凑个热闹，没兴趣就一边自己玩儿去。但是，他若跟我讲 ×××（对不起，记不住拳击手的名字）打多少级比赛，有多厉害，我也是很乐意听的。

两个人在一起最重要的不是共鸣，是和谐。和谐是什么？和谐不等同于一致，和谐是两个不一样的人在一起却不会有矛盾。他可能和你性格迥异，兴趣爱好也和你大相径庭，但是，你们愿意彼此妥协，互相退让。同时在退让的过程中，并不觉得自己受了委屈。至少不会因为他想吃火锅而你想吃烤串，就闹得不开心；他想去西藏而你想去大理，就闹得不愉快；他想买个电脑而你想买个包，就开始争论不休……双方都愿意心甘情愿地成全对方的想法，这一点很重要。

生活琐事过不好的话，精神共鸣那就是扯淡。

Chapter 4

爱情未解之谜

不吵架、不闹矛盾，

就不会找到最佳的相处方式。

当我们看尽对方的缺点，

还是认定对方就是那个要厮守终身的人，

感情才会更牢靠。

爱情很困惑：女朋友为什么又生气了？

俗话说：

恋爱中的女生有三大问题：你在哪儿？和谁？几点回来？

恋爱中的男生也有三大问题：她咋生气了？她咋又生气了？她咋还生气呢？

我们今天讨论的主题就是：世界未解之谜之女朋友为什么又生气了？

下面我们来看一个小采访——

男生问女生：你怎么又生气了？

女生说：我为什么生气，你不知道吗？

这个时候，男人们的内心感受是什么……

男生回答——

K 先生：就是很蒙，不知道为什么生气了。

迪迪：我哪知道啊？！

蔡蔡：我真的不知道，如果你能直接告诉我的话最好了，别让我猜。

范范：就是很害怕，怕得要死，感觉要变天了吧。

老谭：我去，我怎么知道。

小黄：我真的不知道啊。（流汗）

叶星：爱生气不生气。（我就一边玩儿去了。）

小武：觉得无理取闹，不耐烦。

老黄：莫名其妙。

满满：被反问，应该是一种带情绪和攻击性的语言。不知道自己错在哪儿，但是会哄她。

总结一下。男人们说得最多的就是：我不知道啊！我怎么会知道？莫名其妙，无理取闹！哈哈哈，看到这里，我觉得男生们的表达都是很含蓄了，真实的内心应该是这样的吧：好烦，她又生气了？！这女的又要犯矫情病了！又要开始作了！哄一下要是不好，就准备开战吧！（跑吧！）……省略一万字。

女生跟你生气的时候，男生是不是觉得，还是别人家的女朋友好，知书达理、温柔贤惠、善解人意……不会动不动就生气，不会因为一点小事就生气！

呵呵呵，我只能告诉你：天下女朋友都矫情！天下女朋友都矫情！天下女朋友都矫情！

为了证明我说的话，我们来看一下女生的反应。

当男朋友问你：你怎么又生气了？

你内心的感受是什么？

女生回答——

月月：你说"又"是什么意思？我什么时候跟你生过气了吗？

周周：我为什么生气，你心里不清楚吗？

小钰：你不懂我！

妖精：你猜？猜不对，脑袋给你拧下来！（霸气）

阿岱：草泥马。（然后就不理他了。）

大表姐：（冷眼＋嘟嘴＋怒视）给我滚！！！

（对不起，凑不够十个女生，哈哈哈。）

好啦，看到上面女生的回答，总结起来，无外乎是：你为什么不知道我生气了？你没有关注我，不在乎我，还舔着脸过来问我为什么生气？还说"又"？你怎么"又"这么傻×啊！我怎么找一个这样的男朋友……省略两万字。

要我说，还是那句话，女生生气就是变相的撒娇。

她又生气了，那就是你又惹她不高兴了！让她心里受委屈了！

试想一下，一个人如果让你有情绪了，你会直接说你刚刚说的话惹到我了吗？

如果不是特别严重，比如好朋友、同事在一起，第一反应都是不搭理你、不接你这茬了！严重的是疏远，再严重的就是撕逼了！

所以，女朋友突然生气了，一定是你某句话、某个行为、某个动作惹到她了，而那时候的她就处于"说了矫情，不说憋屈"的状态……所以……再后来，姑娘们就会有各种各样的反应了……

情景一：

一对情侣，女方第一次去男方家见父母，吃饭的时候，女生喜欢吃的菜离她比较远。第一次见面有点磨不开面儿，不能随意站起来夹自己喜欢吃的菜，而男生又好死不活地没眼色，一直吃自己的，没给女生夹菜。

后来，女生就生气了。

男生就觉得，怎么好好地吃一顿饭就生气了？莫名其妙啊！

女生现在的状态是，难道我要张口跟你说你刚刚不给我夹菜吗？！这样说出来，自己都觉得很矫情，但是不说又很憋屈啊！你不知道我喜欢吃什么菜吗？你不知道我会尴尬吗？你怎么一点都不照顾我，不懂我！

如果这个时候，男生接着说一句：就因为我没给夹菜啊？这么点小事情你至于吗……

好了，矛盾就不断升级吧！

起因是"夹菜"这件小事，但也不全都是因为"夹菜"这件小事。开始是她受了委屈你没有发现，她有情绪了（这时候是很容易哄好的），后来就是你说话的态度，心里憋屈还被男朋友指责小题大做，不跟你急才怪。

情景二：

我和K先生晚上睡觉之前都是各做各的事儿，他捧着手机看小说，我捧着手机刷各种微博、豆瓣或者看韩剧。晚上十一点多了，我觉得该是睡觉时间了，就准备去洗漱，扔下手机抱着他，说：你在玩什么呢？我们该睡觉咯（蹭脸）。

然后，他有点不耐烦地把我抱着他的手扒拉到一边去了（挡了他的视线了），然后继续全神贯注地看小说，没理我。

这个时候，我就生气了啊！很生气地瞪着眼睛盯了他两分钟！

但是，重点是，这两分钟里，他压根没有看我！！！

我内心的潜台词是：把我扒拉到一边去，我生气了，都不看我一眼？他一点都不在乎我！越想越气……怒火攻心……憋气……要炸了。

然后，我就起身准备去洗漱了。

　　走到客厅，我看到桌子上有一把凌乱的咖啡条，拿起来就朝他的方向砸了满地（我是金牛座，超过十块钱的东西我都不砸，哈哈哈）。这个时候 K 先生一脸惊呆地看着我，没说话。然后，七月听见动静出来了，问 K 先生：姐夫你怎么又惹她了？他很无辜地说：我没惹她啊，我都不知道怎么回事！

　　他一副无辜的样子，只会让我更生气啊！后续你们自己想象吧。

　　其实，最开始我想过要向他发火吗？没有啊！宝宝也很无辜好不好！就算他不耐烦地把我推一边去了，我也没想过要动这么大的气好不好！

　　他辜负了我的一番热情 + 不耐烦 + 无辜脸 = 炸毛的我！

　　好，现在男生们知道女生为什么会生气了吗？大家都是凡人，情绪都不是莫名其妙、无缘无故来的。你真的不知道自己错在哪儿，就一定要注意自己的用词和态度。女生生气的时候，你的每句话、每个表情，她都会跟你计较！（什么意思，你什么意思？）

　　这个时候男生就该说了，那男人多累啊！找个女朋友就得捧着她、哄着她、供着她……这么烦，还不如单身算了……

　　那我就想问问你，你是从什么时候开始，每句话前加上"又"字的？

你怎么又生气了？

你怎么又哭了？

你怎么又买衣服了？

……

你是从什么时候开始，从关心的句式变成了不耐烦的句式？如果能天天笑着过，哪有人喜欢天天生着气过的？

小·贴士

男生生气，多半是惯的。

往死一顿揍就好了！

女生生气，多半是装的。

往死塞钱，随便一花就好了！

爱情超迷惘：女朋友生气了应该怎么哄？

其实大多数情况下，情侣之间吵架都是因为一些鸡毛蒜皮的小事。刚开始可能就是因为一句话、一个行为，然后因为男生的态度一步步升级、愈演愈烈。事后想想都觉得挺可笑的，当时就因为那么点小事，就闹得天翻地覆。既然如此，为什么我们还是停止不了因为鸡毛蒜皮的小事而争吵？因为男生跟女生的思维差异太大！

有人说，两个人既然相爱，就不能互相体谅，多容忍一些吗？在一起这么多年了，还会因为今天谁洗碗明天谁买菜这种小事吵架，至于吗？

我想说，真是站着说话不腰疼。如果男女相处真的像说的那么

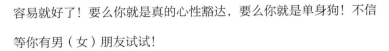

容易就好了！要么你就是真的心性豁达，要么你就是单身狗！不信等你有男（女）朋友试试！

　　作为聪明善良、温柔贤惠、天下第一能作的大表姐，跟你们说一下女生生气的几个阶段。

　　第一阶段：情绪刚开始波动。

　　原因不明。

　　女：你说这句话是几个意思？

　　男：一个意思没有啊。

　　女：原来你一直以来是这么想的。

　　男：就是一个词语，没这么严重吧。

　　女：不严重！那你说你是几个意思？是不是嫌我胖？是不是觉得我做饭不好吃？是不是在你眼里除了自己女朋友以外，别的女的都好看？

　　……

　　第二阶段：准备开撕了。

　　女：你说话呀？

男：说什么呀？我不想跟你吵！

女：谁想跟你吵啊？你说清楚不就行了吗，你到底什么意思……

男：我已经跟你讲了，不是你想的那样。

女：不行，你今天必须得跟我说明白、捋清楚……（吧啦吧啦一万字。）

男：随你怎么想！（不耐烦）

第三阶段：内心的洪荒之力正在上升，随时要爆发。

男的说完"我不想跟你吵架，随你怎么想"之类的，基本上女的说再多，男的已经不理会了。

现在的状态是：

男——莫名其妙啊，发这么大火，让你冷静一会儿就好了。

女——傻×，智障！

我都气成这样了，他连几句像样的话都不说！

啊啊啊，他根本不在乎我！

啊啊啊，他竟然若无其事地在那里吃饭、看电视、玩手机。

第四阶段：我们今天就拼个你死我活。

女：你说话呀，你倒是说话呀！！！

男：……（不想搭理你）

女：你到底什么意思，你怎么能这么对我！！！

男：……（莫名其妙）

女：摔东西！哭！闹！

男：……（一脸蒙圈）

接下来女生大概会有这几种状态：

1. 行！你有种，不理我，我也不理你！我要跟你冷战！至少一周都不跟你说一句话！不，一个月不理你！一年不理你！不洗衣服！不做饭！以后我们就是睡在同一张床上的陌生人！

2. 气极之下暴怒，摔砸扔！像我这么暴脾气的人是绝对不能容忍吵架的时候 K 先生躺在一边装死的。我会踹个垃圾桶、扔个遥控器、砸个烟灰缸（劝姑娘们尽量挑便宜的砸，K 先生的手机被我摔坏了几次之后，实在觉得得不偿失，生气也不能跟钱过不去啊）。基本上这个时候，K 先生就急了，怒吼之声可以传到几里地以外。（吓死宝宝了，但是不能怕！不能尿！）——来啊，怕你个卵，咱们今天就拼个你死我活！

3. 委屈，想分手。没想到他竟然这么对我，以前我皱下眉头他都担心害怕,现在我在他身边哭得像个傻×一样,他都不鸟我……嘤嘤嘤……他要钱没钱,要长相没长相,我跟他在一起还不是图他真心爱我、对我好吗? 没想到在一起时间久了,他就倦了疲了累了……这样下去,以后还有几十年怎么过啊,我要跟他分手!

4. 花钱! 既然你让我不爽,我就让你肉疼。拿着他的卡一顿刷刷刷,买买买! 我看你下次还敢不敢这么对我,这就是我生气的后果! 后面弄不好可能因为无节制花钱又得干一架了。

5. 能动手就不跟你吵吵了! 我在这吧啦吧啦说了一大堆,他就坐在那里装傻充愣,太憋气了,老娘今天就不跟你废话了,先暴揍一顿再说。(记住千万别挠脸,毕竟他明天还要上班的。)撕掐咬踢,一样都不能少。这个时候两个人有可能真的打起来,或者男的摔门而去……

其实女生跟男生吵架的时候,真正的心理是这样的:

你是不是智障! 让你说话,你为什么不说话?!

说错话了,就赶紧道歉认错啊,这样才能及时遏制女生的情绪爆发。

什么,你让她冷静一下?

在她眼里，你就是不在乎她。作为男朋友、老公，不应该是这个世界上最懂我、疼我、爱护我的人吗？可你现在是怎么对我的？宝宝生气了啊，发怒了啊，委屈得哭了啊，难道你没有看到吗？

最后说一句，做男人真难，哈哈哈哈哈！

解决方法

男同胞记住一条：女生跟你吵架就是变相的撒娇。至于怎么哄，随机应变吧。切不可装死、沉默不语、离家出走、动手、发火、抵赖、狡辩、犟嘴……这一切都会让女生的情绪越来越失控，最后不是你遭殃，就是两个人一起遭殃！

爱情不能忍：我还在生气，男朋友却睡着了

早晨起来翻微博，发现乔姑娘在凌晨两点发微博说：世界上最不能忍的事情之一，就是你还在生气，你男朋友已经睡着了。

想必昨天晚上，又气又恨的乔姑娘想拿刀杀了在旁边睡成死猪的男朋友的心都有了。而她男友绝对想不到，乔姑娘这一晚经历了怎样的心路历程。

吵架→生气→他不理我→憋气→他睡着了→他不爱我了→男朋友有什么用→分手

哈哈哈，这是每个姑娘跟男朋友吵架的心路历程吧。乔姑娘一晚上郁闷至极，悲愤交加，打算第二天起来就把他的行李收拾好，划分财产，并把男朋友交的房租的一半退给他。乔姑娘下这个决定的时候，连明天睡醒之后的分手台词都想好了，有可能多少年以后再重遇的台词也都想好了吧。

比如："当年是你不懂得珍惜我，现在后悔了吗？"（吧啦吧啦，自行想象。）

而他男朋友一整晚只干了一件事：睡觉！无辜地睡觉！

第二天一早，乔姑娘一脸憔悴地爬起来，心里一直在盘算着该如何跟男朋友提分手的事。而男朋友洗漱完如常去上班了，并没有多问她什么。

What？好容易挨到他睡醒了，他竟然就这么走了？

他都没有看到我的黑眼圈和红肿的眼睛吗？

分手，一定要分手！

上班路上，乔姑娘编辑好了分手台词的微信好几百字发了过去，总之就是悲愤交加、心痛如绞的分手话。（她以为这个时候男朋友应该有一点反省吧，至少意识到他错得有多严重，他的冷漠导致已经失去她了。）有句话怎么说来着，"一个了解你的人，不会让你一直难过，如果明知道他这样做你会不好受，他却还是做了，这样的恶意和愚蠢就不应该被原谅"。

恶意+愚蠢！送给所有男士！

然而……一整天过去了，乔的男朋友一个字都没有回复她。

乔姑娘终于忍不住过来跟我吐槽，满脸的状态都是"宝宝好气"，一肚子话终于找到人发泄了。一通埋怨之后，她问我怎么办。

我问她："男朋友睡着了，你在一旁生气，是不是想掐死他？"

她说："就是很郁闷，以前遇到什么事不开心了，男朋友绕半个北京翘班过来给我送吃的，现在我不开心了，他就在身边，竟然不管不问，寒心。"

我说："像这种情况，就一脚把男朋友踹醒，不许睡，起来撕！"

她说："关键是也不想跟他闹，他不想理我，我还不想理他呢。"

我说："哈哈，那你就只能自己受憋屈了。"

我理解，姑娘这个时候觉得男朋友不理她了，主动去跟他说话，就是跟他撕，也会觉得伤自尊。毕竟人家已经摆出了不搭理你的姿态，谁还上赶着找他呀。但是若不撕呢？气没地儿撒，想说的话都憋着！一夜难眠，甚至独自伤心垂泪，那一晚上你怀疑整个人生，而男朋友却安然无事地做大梦！为什么要绕过他，不放过自己？在一起的时候，不是说好要做彼此的天使吗？必须撕！（哈哈，虽然这么说，但是不建议女生都这么做。）

男生看到这里，肯定会说，简直岂有此理，你作你还有理了？

岂有此理的是你们好吗？我们来分析一下，情侣吵架的时候，女生生气、发怒，是处于情绪外泄状态；而男生呢，大多数都是开启自我保护模式：惹不起我还躲不起吗？重点就是"躲"，逃避。

女生怎么办？一团火憋自己肚子里呗！伤肝动火，哭没人管，死也没人管！说到底，要你这个男朋友干吗的？噢，只准开心的时候抱着你、黏着你，那时候你觉得她撒娇卖萌、小白兔的的样子特别惹人怜！生气的时候，就觉得她炸毛的样子是只母老虎，哭的时候腻腻歪歪让你烦心，所以你就假装看不见，让她自行"了断"。

你是谁啊？以为自己是皇上啊！三宫六院七十二嫔妃，对你成天都是谄媚示好，半点负面情绪都不会、不敢露给你？呵呵呵。

后来过了好几天，乔姑娘和男朋友和好之后，才正儿八经地问男朋友那条分手短信的事。

乔姑娘："那天我跟你说分手，你为什么不给我回复？"

男友："看完我就删了，就当你没说过。"

乔姑娘："……"

男友："我们压根就没有分手的理由，你那只是一时的气话，等你冷静下来就好了。"

我相信这也是大多数男人在吵架的时候对女朋友的处理方式。她生气了，发怒了，哭了……我不理她就行了，让她冷静冷静。

我有必要提醒一下，也想对 K 先生说：

不要曲解冷静的含义，对方暴怒、情绪不稳定的时候，需要的是冷静，因为双方情绪都不稳定，会说出很多故意伤人的话，甚至大打出手的情况都可能出现。

但是，当对方已经冷静下来，情绪已经从愤怒转变成悲伤的时候，可能还会夹杂着生气＋失望＋伤心，这种时候需要的就是你的安抚和沟通，而不是让她哪儿凉快哪儿待着去。换句话说，这时候她很需要你，如果你还用冷处理的方式，结果就是让她彻底心灰意冷。生不生气已经不重要了，因为什么事情吵架也不重要了，你是谁更不重要了。最重要的问题是，我为什么要找一个这样的男朋友！！！

　　事后因为种种原因，你们和好了，功劳真不是你的大度忍让，而你女朋友心里也会狠狠记上一笔，你曾怎样让她失望过。

爱情有意思：我们就是喜欢吵架玩儿

如果非得用一个词来形容我跟 K 先生这几年的交往经历，我最先想到的肯定是"吵过来的"。

我跟 K 先生谈恋爱五年。人家恋爱三个月就进入磨合期了，而我和 K 先生第一年是恋爱期，第五年是依赖期，中间三年全都是磨合期。我们恋爱进度缓慢，多数还都是因为他在部队。反复吵架期间，"我不跟你过了""分手""你以后别来找我了""这是我们最后一次通话"……这种话少说也说过千八百遍，以至于后来我跟七月哭丧着脸说"我们分手了"，她都投来一个无视的眼神："又分手了？"说完，一句安慰我的话都没有，转身就去忙自己的。

"喂，我失恋了啊！你就不能安慰我一下？"

"你哪天不失恋啊？"

"我们这次真的分手了！"

"行，你们要是能撑过三天那就算分手。"

SO，我跟 K 先生还真是没有超过三天不和好的。反正，每次不是我厚脸皮地找他，就是他贱兮兮地过来逗我。我们有很多种方式和好，也会因为很多种问题争吵。可以说，相处五年下来，经历无数次争争吵吵、分分合合之后，我们两个人身上各自的坏性格、坏脾气、坏习惯，全部都暴露无遗，几乎都是彼此眼里最"丑陋不堪"的人，因为我们太了解对方了，一点隐藏都没有。

如果你和一个人认认真真地恋爱，你会发现，我们只有在爱的人面前才会展现出所有性格。在家人面前、朋友面前、同事面前，我们能展现的只是性格的某一部分或者某几个部分，我们还有很多隐藏的性情，直到遇见另一半，你才会成为各种各样的自己。或许，这也是两个人相处更加困难的原因。

直到 K 先生退伍搬来和我一起住的前几个月里，我们两个人几乎都到了"情绪大爆发"阶段，一言不合就开撕。七月实在看不下去了，就过来调和。她给我和 K 先生一人拿了一支笔和一张纸，让我们关上门一个人一个房间，写下对对方不满意的地方。

过了几分钟，我听见 K 先生跟客厅里的七月说：你姐的缺点忒多了，我都写了二十一条了。

当时我那个气啊，不到五分钟他竟然写了我二十一条缺点？！他是有多憋屈、对我有多不满意啊！我拿起笔"嗖嗖嗖"地开始写他的缺点。

然后，我们两个人到客厅碰头。看到他写的内容，我不禁"扑哧"笑出来，他纸上写着："1. 爱生气。2. 一点小事就发火。3. 脾气太大。"前面 1、2 条又都画了 × 号，下面又写了巨大的"脾气太大"四个字，那叫一个潦草，带着怨气的龙飞凤舞。

K 先生伸头过来看我写的内容，瞬间蒙了。哈哈哈，我列了三十条（当时听见他说写了我二十一条缺点，我就想肯定不能输给他啊）：1. 不细心。2. 不浪漫。3. 不成熟。4. 没有格局。5. 自私……

当然女人眼里男人缺点多一点也是正常的，嘿嘿嘿嘿。不过他当时要是真写了二十一条，我一定会打死他！

让人郁闷的是，他把我们总吵架的问题归结于我脾气不好、爱生气。我的问题是，我爱生气是因为他总是做一些惹我生气的事！他要是不惹我，我为什么要生气？我跟他吵架，是希望他以后能改掉。然而并没有什么用，他依然觉得自己很无辜，觉得我是事儿妈。所以，我就更生气了！（我也很无辜啊！生气的人过得才是最糟心的好吗。）

好吧，这一次，我们三个人就来了一场深层沟通与灵魂对话。七月一条条地跟我们捋，将我写下的他那些缺点逐个分析。经过这场灵魂对话之后，我们后来倒是真的不怎么吵架了（好神奇）。如果你们遇到这样的问题也可以试试，哈哈。不仅仅是感情问题，其他事情也可以这么列清单，逐个分析，哪些问题是不可逆的，哪些是可以改变的，哪些是可以忽略的……心中顿时就明朗了。（早知道我就多看看心理学之类的书了。）

当然，吵架这种事情，再相爱的情侣，懂再多的技巧，都是不可避免的。和 K 先生磕磕碰碰下来，愈发觉得，情侣之间的磨合期，或长或短，是每个人都要经历的。不吵架、不闹矛盾，就不会找到最佳的相处方式，当我们看尽对方的缺点，还是认定对方就是那个要厮守终身的人，感情才会更牢靠。

爱，就是让你做自己，想闹就闹，想哭就哭，想笑就笑，想作就作。不将就，不迎合，不委屈。他见过最真实的你、最糟糕的你，还是离不开你，这才是真正爱你的人。

最后，愿你有一个吵不散、骂不走的爱人。

爱情搞不懂：男人永远找不到自己的袜子是什么病？

我发现一件很神奇的事：男人永远都找不到家里的东西，即使就在眼前！

K 先生每天从起床到离开家门上班，最多不会超过二十分钟，洗漱用十分钟，剩下的十分钟都是用来……找袜子和内裤。

K 先生通常比我早起半个小时，他出门的时候叫我起床，算是我起床的时间。

早晨，闹铃响了之后，反而是最贪睡的时候（我有三个闹铃，每隔十分钟响一次）。在我听到第二遍闹铃响之后，正睡意昏沉，想再争取多睡几分钟的时候，K 先生走到床头来拍拍我："宝贝，我穿什么裤子啊？"

我用尽全力睁开双眼看了他一下，只见这家伙已经在身上套了一件灰色的运动裤，上身穿着一件黑色 T 恤，正一筹莫展地看着我。（这是什么鬼搭配？算了，我太困了，不想说太多。）

我没好气地说："穿短裤！"（真是笨，大夏天的穿什么长裤啊。）

我转眼就要睡着的时候，他又在一旁磨叽："哎？我的袜子呢……"

（不理他，继续睡。）

感觉他又是打开柜子，又是转到阳台，又是掀沙发，在屋里四处转圈："我的袜子呢？怎么没有干净的袜子了……袜子呢……我要迟到了……宝贝你看见我的袜子没有……"

（你是不是傻，没看见我躺在床上睡觉吗？怎么会看见你的袜子。）

看他到处转圈的样子，我终于忍不住冲他喊："去你衣柜装袜子的盒子里找啊！！！"

K 先生："我看过了，没有啊！你快给我找一下，我要迟到了。"

我简直要炸了，气得翻身起床，径直走到阳台衣架上拿了一双袜子甩给他，"这衣架上就有昨天刚洗过的，你不会找啊！"

"我没看见……"

"你瞎吗？"

"不跟你说了……我要走了。"

"……"

嗒嗒嗒，他又跑到我床前来，"你觉得我穿这双鞋行吗？"

"行！"（怒气脸）

然后他就风风火火地夺门而出，剩下带着蒙圈的双眼加上一身起床气的我……

这样的早晨，重复了无数遍。他找不到袜子啦，找不到内裤啦，找不到哪件 T 恤啦……最后我都要带着困意从床上一跃而起拉开他的衣柜，把他要找的东西直接甩给他。

有一次，我实在懒得管他，他竟然打开我的衣柜，取了我一双大嘴猴的袜子套他脚上去了（浅口、淡蓝色）。晚上回来说，他穿着也挺合适的，他正好缺浅口的袜子，干脆霸为己有，不还了……

你一个大男人，穿一双大嘴猴的袜子，真的好吗？

不仅如此，K 先生每天的口头禅还有：

哎？

火机呢?

指甲刀呢?

耳机呢?

钥匙呢?

……

宝贝,你看见……没有?

敢问壮士,你瞎成这样,这么漂亮的女朋友是从哪里找到的?

这些东西就在他眼皮子底下,他愣是永远都找不到!

我走过去抬手拿给他的时候,他还会说:哎呀,在这儿呀,你太不会放东西了!

呵呵,你瞎还怪我咯?

我就纳闷了,男人单身的时候一个人也过得挺好的啊,要是天天这个也找不到、那个也找不到,一副完全生活不能自理的样子,到底是怎么活到现在的?

然后,我在网上搜了一下,科学家们是这么说的:

"女性的视野是男性的六倍,男人的视野范围只有六十度,女人的视野范围是一百八十度。男人在寻找东西时需要上下左右移动头部才能找到一样小物件,而女人只需要扫一眼打开的冰箱或衣柜就能将里面的东西尽收眼底，在几秒钟内找到想要的东西。"

　　另外："女生比男生能多感知一百五十多种颜色，因此大部分女生不敢走夜路，男生敢走夜路，不是因为勇敢，而是因为他们瞎啊！"

　　看到这里，我只想问一句，这病还有得治吗？

爱情最重要：结婚以后，谁来掌握财政大权？

　　一直以来我跟 K 先生都是各管各的财务支出。两个人的生活负担，他出大头，负责交房租以及在外面的吃吃喝喝；我出小头，比如每天买菜做饭，交水电费。

　　领完证以后，K 先生说要把工资卡交给我，以后要财产上交，我第一反应就是：不要！

　　同事问我为什么不要 K 先生的工资卡，我说："本来工资就没多少，以后要是存不住钱，保不齐还得怪我乱花了。再说钱都在我这里了，还怎么开口生日让他买包、情人节买玫瑰？人家两手一摊，钱都在你那里了，还要啥礼物。这样的生活多没意思。"

　　同事说："难道你就不想为了以后买房、买车一起存钱吗？"

　　想啊，谁不想有房、有车、有存款，可作为工薪族，为了存钱，每天的生活都是算计着如何省吃俭用，如何看着老公不要乱花钱，真心没意思。

　　有一位男同事，不抽烟，不喝酒，媳妇按天发生活费，每天二十元。按照这么分配，早餐五元，午餐十五元（因为住得不是特别远，公交车每天来回两元就不算了，现在还可以免费骑共享单车）。在北京这样的城市，就算是早餐地铁口买两个包子，中午用"饿了么"的红包加满减，每天别说吃好，我都怀疑他能不能吃饱。如果遇上刮风下雨下雪的天气，男同事想打车回家，就得把午饭钱省了，早餐多吃两个包子，挨到下班回家吃晚饭。

　　男同事也没少挣，属于主管级别，每个月差不多两万的工资（扣税扣多少你们自己算），媳妇也在一家有名的食品公司做销售，年收入也有个小几十万。他媳妇平时怎么花销我不知道，就是因为他们准备在北京买房，所以就这么控制花钱。有错吗？没有错。但男同事要是换成 K 先生，我对他做不出这种管控，宁愿晚两年买房，也不能让他过得这么遭罪。

另外一位女同事，结婚之前死活要让男方买套房子，北京买不起，那就在老家买，怎么着都得有房子。无奈，她老公在老家付了首付，结婚之后，两个人就要一起面临还房贷再加上北京的房租，生活一下子就过得紧巴巴，以前没事还能出去吃个火锅、看个电影，现在连买一盒草莓，都觉得自己穷得吃不起。她给她老公每个月的生活费是一千元，还好她老公也是不抽烟、不喝酒。北京地铁涨价以后，一个人平均一天十元交通费是最少的吧，一个月就得去掉三百，剩下七百是早餐和午餐，一样得精打细算。

　　我是一个享乐主义者，绝对不会天天吃泡面只为省下一个月的生活费去买一个包，也不想因为一辆车、一套房子，把自己套牢，让 K 先生天天吃糠咽菜就是为了多交点首付，或者多还点房贷。我们暂时买不起房子那就先租个好一点的呗，什么时候存款够了什么时候再买，无非就是晚一点、慢一点。

　　这里强调一下，买房子的野心是要有的，存款意识是要有的，老公的财产状况还是一定要清楚的。

　　我不管 K 先生的钱，但是我要知道他每个月能进多少钱，不管是工资还是外快，刻意隐瞒这种情况是不允许的。我不要求他往我卡上存多少钱，但是每个月我们都会各自固定存一部分钱，剩下的怎么花销，随意支配，只要不超支，我多买两支口红，他多买两件衣服，都是 OK 的。

既然嫁给一个男人，什么时候买房买车，让他自己操心去。如果你把财政大权一手揽过来，就意味着你要操心房子和车子，你有意无意地在意识里要扛起家庭的重担，不是很累吗？那有人说，结婚以后女方要是不把钱攥在手里，以后男人靠不住怎么办？这种情况，你更应该想想怎么充实自己，具备任何时候都能养活自己的底气。

我始终认为，但凡有点上进心的男人，都会比我们女人更渴望有房有车有存款、老婆孩子热炕头。

如果他连渴望把生活过得更好的野心都没有，那真是别嫁了。

Chapter 5

爱情千百种，
每个人都有自己的路要走

我们都是大千世界中的平凡个体，

只是遇见了那个爱你至极的人，

从此你变得超凡脱俗，

至少在那个人眼里，你是最发光的人。

天下第一痴情女子杨乐

001

杨乐和陈超认识一个月以后就确定了恋爱关系，完全是天雷勾地火的架势，相恋一百天的时候还特意把我叫去，看看他们贴得满墙的纪念相片和恋爱宣言。

我一脸羡慕嫉妒恨地说："啧啧啧！失恋最好的治疗方法就是进入新的感情啊，还过一百天纪念日。"

杨乐一脸显摆的样子，又拿出了陈超刚给她买的衣服和项链给我看。

"没想到陈超这家伙对你还不错啊！姐姐你这回是玩真的呀？还是玩玩就算啊？"

杨乐装出一脸不高兴的样子："你当我杨乐是什么人？我可是天下第一痴情女子！什么时候跟人玩过感情？"

"行行行！你最痴情！从咱们大学认识到现在你这都是第五任男友了，还不包括那些备胎，你绝对担当得起天下第一痴情女子的虚名。"我一边说，一边给她竖了个大拇指。

002

杨乐当年在我们学校绝对是风云人物，以大姐大的派头做了我们宿舍老大，我排老二。从此以后，我们宿舍四个女生被老师看为眼中钉，在同学眼中是特立独行的"四人帮"。

大一的时候，杨乐的男朋友刚移民到美国，开始她还抱着大学一毕业就去美国投奔男朋友的决心，两个人成天成宿打电话。我记得那时候，我们晚上睡觉的时候杨乐在通宵打电话，我们白天上课的时候杨乐就在宿舍呼呼大睡。她一周能按时去听课的次数，微乎其微。

杨乐当时信誓旦旦地跟我们说："我会等他四年，然后去美国找他。你们信不信？"

我一脸不屑地说："信。但是我不相信你的身体可以等四年！哈哈哈！"

果真，没几个月杨乐就跟我们学校另一位风云级学长谈恋爱了。那学长是日韩社社长，校草，长着一张韩国欧巴的脸，精通日语和韩语，还弹一手吉他，简直是魅力无限。

杨乐被学长迷得神魂颠倒，完全没了女神和大姐大的派头，就像一个崇拜学长的女粉丝。

003

杨乐和学长走在一起也算是学校里的一道亮丽的风景线，郎才女貌，羡煞旁人。对于杨乐来说，跟学长谈恋爱也是一件很有面子的事：一是，学长在学校里连学生会主席都不看在眼里，有地位。二是，垂涎学长的学姐学妹们排长队，学长可谓是抢手货。搞定了学长，对于刚上大一的杨乐来说多少满足了女孩的虚荣心。不过用现在的话来说，当时的杨乐在学长面前就是个"绿茶婊"，完全收起所有本性，装作傻白甜。

后来，学长毕业了，我们才上大二。

大概有半年之久，学长跟杨乐分手了，原因是学长在工作中认识了新的人。

深夜月光下，灰暗的宿舍里，杨乐抽着烟，一边喝着扁瓶白牛二，一边愤愤不平地说："我看他跟那个老女人能好多久！"

我们都知道杨乐自尊心强，有点小虚荣，纷纷附和道：

"肯定分，估计明天就得分了。"

"那个女的哪有你好看，学长真是瞎了眼。"

......

学长找的这个女朋友吧，比他大两岁，杨乐总觉得那个女的哪儿都比不上她。但是，感情这个事情谁能说得清楚呢。

他们分手一年后，杨乐跟我说，她加上了学长的 QQ，问学长有没有爱过她。

学长回了两个字：爱过。

看到这两个字，她当时就哭了。

我表示很惊讶：你为什么会哭啊？

杨乐"呸"了一口吐沫："丹丹，你觉得我是一个没有感情的人吗？"

"当然不是！但是你这么痴情也有点出人意料啊。"

杨乐说："我对学长是真心的。"

"我一直觉得你是贪图学长的美色！"

她："滚！难道老娘不美吗！"

这时候我们大三了，杨乐也已经有了新的男朋友C先生。一个新欢旧爱从来都不缺的人，还会为了学长一句"爱过"哭成狗，这确实出人意料。

从那时候起，我就开始相信杨乐不是表面上看起来那样的坏姑娘，她内心也有颗痴情的种子，或者说她内心其实很渴望能找到一个真正爱她、保护她的人，只是遇到过的那些都不是对的人。

有的人不断试爱，只是为了找到一个真正爱她的人。

有的人不轻易试爱，也是为了等到一个真正爱她的人。

或许，恋爱多寡，爱过多少人，错过多少人，目的都是一样的，只是手段不同，没有好坏之分。

　　怎么形容我这个闺蜜杨乐呢，她是一个典型的北方姑娘，性格爽朗、脾气暴躁、重情重义、敢爱敢恨，还带着天蝎座独有的一股狠劲。身材嘛，高瘦，一米七的身高，体重90来斤，瘦得像根杆。不过长相却是那种丹凤眼、皮肤白净、身材高挑，看上去很清纯。不熟悉她的人，只是远远看着，根本想象不出来杨乐抽烟喝酒、说脏话、大大咧咧的一面。

　　杨乐在遇见陈超之前结束的那段感情就是C先生，那是她谈得最长久的一次恋爱，维持了四年。杨乐和C先生是大三的时候开始的，一直到毕业以后，她一直和C先生在一起。

　　最开始杨乐跟我讲她不是很喜欢C先生，觉得他长得不帅，她前面的任何一任男友都比C先生帅得多，而且他没钱。工作一般，长相一般，收入一般，唯一的优点就是对杨乐好。

　　C先生呢，其实不丑，而且是很标准的北方阳光大男孩。皮肤略黑，身高一米八，浓眉大眼，身材匀称，穿衣打扮钟情于黑白灰。只不过杨乐喜欢的是学长那种穿着时尚类型的男生，所以她觉得C先生不帅。

C先生也不算穷，普通家境，工作稳定，收入中等，在北京买不了房，好歹也有辆车。

在学校的时候，杨乐衣服脏了都是打包好，C先生开车过来取，洗完了叠好了再送回来。宿舍姐妹们到月底没钱吃饭了，杨乐就给C先生打电话，让他过来请客吃饭。不管遇到什么事，杨乐只要一个电话，C先生绝对鞍前马后。

慢慢地，杨乐就觉得C先生挺好的，他性格忠厚、善良，照顾她，打心里疼爱她，而且C先生以前从来没谈过女朋友，感情上很单纯。相处三个月之后，杨乐成功拿下了C先生。由此杨乐也认为，C先生的感情和人都是干净的，和她之前处过的那些男朋友不一样。毕业之后，她就搬去了C先生的公寓里。

005
◇◇◇◇◇

杨乐和C先生同居之后，C先生虽然没有给她富足的生活，却也是尽力做他能做到的事儿。早晨六点起床送杨乐去上班，晚上准时接她下班。洗衣服、做饭、做家务，从来不让杨乐动手，生活上也都是无微不至地照顾她。

有人说，女人是没有爱情的，谁对她好，她就会爱上谁。这话我承认后半句，一个男人长期对一个女人好，女人难免就会对男人产生依赖，然后产生感情。（前提是这个男人长得还不赖的情况下，没办法，这是个看脸的社会。）

他们一处就是四年，杨乐似乎也打定主意屈尊下嫁给C先生了，还不止一次地跟我念叨，她要跟C先生结婚，给他生宝宝，现在她越来越喜欢C先生，依赖他，离不开他了。

但是，杨乐低估了自己。

那位万人迷学长不知道哪根筋搭错了，几年之后竟然约杨乐见面。这前任约见，聊聊旧情，叙叙旧事，自然而然地就火花四溅了。我不知道杨乐当时是出于什么心理和学长约会，或许她真的爱过学长，难舍旧情，或许出于不甘心当年输给了那个老女人，又或许她觉得C先生给她的一切都太过安稳，没有激情……总之，她犯了错。

C先生当时给杨乐打了十几个电话，她都没有接。

我不知道杨乐是怎样和C先生解释的，最终结果是，在杨乐的苦苦哀求之下，C先生还是搬走了。

于是，杨乐失恋了。

然后，她遇见了陈超，我遇见了 K 先生。

这一次杨乐的感情就是郎才女貌、棋逢敌手、势均力敌。

周姑娘的谭先生

　　说起周姑娘，我们都很羡慕的是她找了个好男友谭先生。谭先生对周姑娘只用一个字形容的话就是：宠。无底线地骄纵和包容，让周姑娘每天都过着傻白甜般的生活，而且周姑娘有一个谜之自信，始终认为是谭先生配不上她，所以谭先生只能对她加倍的好。在我们看来，周姑娘找到谭先生才是她天大的福气，但是，谭先生对她的观点却从不反驳，而且心甘情愿地让周姑娘这么傲娇地活下去。

001
·∞∞∞·

　　周姑娘和谭先生是高中同学。周姑娘是语文课代表，当时她要收集每个同学写给班级的话，谭先生就写了一段特别文艺的话，署名是：一坛香幽。周姑娘就觉得这个男同学不简单，好文艺啊，从此以后就开始注意谭先生了，每次去讲台路过谭先生的座位都会觉得他那个位置很特别，会偷偷瞄他一眼。

　　周姑娘当时是复读高中，第一年考了个二本没有去，复读一年一心只想考个一本学校。没有心思喜欢谁，也没有想过跟谁谈恋爱。她觉得谭先生很特别的小心思也没有发展成喜欢，但是他们的关系从同学慢慢变成了好朋友。

　　上大学之后，他们两个人就开始频繁地通话，觉得每天要是不跟对方联系就会少点什么，有什么风吹草动也都要第一时间跟对方倾诉，到了一种友情以上、恋人未满的状态，却始终没有捅破那层窗户纸。

　　在某一天的早晨，周姑娘收到了谭先生的一条短信息：老……………………婆。（对，就是中间隔了无数个点，翻了半天才能看到最后一个字。）

周姑娘一整天都没有给谭先生回复，晚上上完晚自习的时候，谭先生忍不住跟周姑娘打电话了。周姑娘觉得她维持不住这样的场景，偷偷跑到阳台上接电话，明明平时都是肆无忌惮地在宿舍里面接电话的。

周姑娘问：你是想让我做你女朋友吗？

谭先生说：嗯，你做我女朋友好吗？

周姑娘回：你让我想想吧。

欲拒还休的回答，从此以后就让两个人的关系实质上准确定位了。

谭先生从那时候开始就开启了二十四孝好男友模式，每天拿着IC卡在马路边排队给周姑娘打电话，每个月生活费除了吃饭，其余都献给了电信、移动、联通和互联网。每隔一个月会坐着火车从武汉到泰安去看周姑娘，放假的时候去接她一起回老家，开学的时候先送她到学校，自己再回武汉。按照周姑娘的文艺病要求，每周还要给周姑娘写一封信，虽然当时没有微信，手机QQ也没现在这么方便，但当时已经很少有人会写信了，都是打电话或者网吧视频。大学四年下来，谭先生攒了一堆IC卡和火车票，周姑娘攒了一箱子情书。谭先生学的是理工科，毕业之后做了IT行业，他说他的毕生才华都用在了那一页一页的信纸里了。

002

谭先生是一个超级大暖男。

每天早晨，谭先生会先起床给周姑娘做好早餐，再去上班。如果周姑娘还没起床，他就把早餐放在锅里，空碗放在桌上，等她起床之后可以吃温的，如果周姑娘已经起床了，谭先生会把早餐盛好放在碗里，周姑娘洗漱完就可以直接吃了。

谭先生会算好周姑娘来大姨妈的日期，提前几天就开始换着花样地给周姑娘煲汤，几年下来，硬生生地把周姑娘痛经的毛病调理好了。

谭先生从来不让周姑娘下厨房，不管他加班到多晚，都是他回来做饭，周姑娘只负责催他快一点回来，快一点做饭。如果谭先生回来得太晚，面对周姑娘的抱怨还会充满愧疚感，认为自己当天晚上没让她好好吃饭。

谭先生如果跟周姑娘闹矛盾了，周姑娘制服谭先生的方式就是花钱，吵一次架让谭先生送她一件礼物才能和好。而周姑娘吵架之后的花销却极为不理智，经常买一些很贵的、事后又不会穿不会用的东西，谭先生明明知道周姑娘都是不理智的消费，内心隐隐作痛之余还是会心甘情愿地去埋单。因为如果谭先生不去埋单的话，他知道周姑娘刷她自己的卡也要买，而谭先生知道周姑娘是一个没钱就没有安全感的人，所以尽量不让她破费。

K 先生说到谭先生，也是由衷地自愧不如，他说："作为男人，我也见过不少男人了，我只服谭先生。"

003

周姑娘是个什么样的姑娘呢？

在外人面前知书达理，性格温和，从来不强求别人做事，甚至与人相处是有点弱势的，因为她总是思虑得特别多，怕别人不满意，怕自己表达得不够好，总是有那么一点怯怯的。唯独，面对谭先生的时候，完全绽放自我，耀武扬威。谭先生在外面精明能干，处事圆滑，在周姑娘面前则任其捏拿，被她吃得死死的。

周姑娘有一些我们现在看来很奇怪的观点，真的是超级难理解，但是谭先生却都无条件忍让了。

毕业以后，谭先生先来了北京，周姑娘考研失利后，心中还有文艺梦，想做编辑之类的文化行业，也就跟着来北京了。按道理好容易坚守了几年的异地恋终于在一起了，非常不容易。北京房租是个很大的负担，谭先生提出来要和周姑娘一起租房子，却被周姑娘无情地拒绝了，她从小接受的就是传统教育，结婚之前怎么能住在一起呢？

于是，谭先生那几年每天都下了班之后去找周姑娘，然后每天不管多晚多累，不管刮风下雨还是飘雪，都要赶上最后一班公交回家。

我说周姑娘真是狠心啊，连留宿一晚的机会都没给过谭先生，这真的是处了好几年的情侣吗？

周姑娘说，有时候很晚了或者天气不好，她站在窗户边上看着谭先生离去的身影，她也会哭，觉得谭先生太辛苦了，可就是过不了心里那一关。

谭先生就这么不辞辛苦地默默忍受了三年，如果周姑娘过不了心里的那一关他就不强迫她，即便谭先生也非常不理解周姑娘的想法，但他觉得应该尊重周姑娘，因为她是女孩子。

更让我们惊叹的是，在双方家长都见过面、订了亲，没两个月就要准备婚礼的前夕，周姑娘再一次把谭先生撵出去了。原因是，周姑娘的家里人要来北京旅行。

周姑娘让谭先生把所有有关他的东西收拾走，要让整个房子看起来完全没有谭先生生活过的痕迹。至于谭先生要流落到哪里，让他自己想办法。虽然周姑娘家里人也不在她这里住，但是这几天总会常过来，她就是不想让家里人知道她跟谭先生已经住在一起了。

于是，谭先生拖着行李箱和大背包，跟K先生一起住了好几天，两个人的友谊从此更加升华了，还约好以后谁被媳妇赶出家门，彼此都要收留对方。

004

我问谭先生，对周姑娘无微不至地照顾，我们都能理解，但是他是怎么做到任何事情都可以包容周姑娘的？在我们看来，有时候周姑娘的"作"真的是常人难以理解。

谭先生说，因为他太了解周姑娘了，周姑娘所有的柔软都放在了外面，其实容易吃亏，甚至被欺负。她很胆小，不会对别人提要求，总是为难自己。所以，他想给周姑娘更多的爱，给她保护和理解，如果周姑娘在他面前都不能耀武扬威、尽情地表达自己的话，那周姑娘会活得很不开心。

周姑娘说，她跟谭先生认识十年，恋爱八年，谭先生做任何事情和决定，从来都是选择尊重她，以她为主导，没有一次让周姑娘去顺从他的意见，而做出让周姑娘伤心的事。这是她觉得谭先生最有魅力的地方，给了她足够的安全感，让她觉得这一生如果换作是和其他人一起生活的话，只要不是谭先生，好像都挺没意思的。

　　我们没有高贵出身，也没有天生丽质，原本都是平凡的女孩子，有一天遇到了生命里的另一半，他视你如珍宝，把你宠成这世间最高傲的公主，还有什么比这更幸福的呢？

七月姑娘的剩女奋斗史

　　七月姑娘，事业心很强，也很拼，毕业两年就开始带团队，只有一样：不敢谈恋爱！

　　恋爱这件事，平时都说想和不想，为什么要说她不敢呢？她就是真的不敢，还有一点厌！或者说她对于爱情抱有太大期望，不敢随便交付真心，不敢寄希望于男人身上。厌的是觉得自己随便谈恋爱，如果最后没有在一起，那就是吃了大亏。男生追她的时候，要是想随便抱她一下，那都得换来一顿暴踹。

　　所以，从中学到大学再到毕业工作，一路走来，虽有不少男生追她，当然她也暗恋过别人，但却没有一次正儿八经地恋爱过。工作上的狠劲和生活上的努力，在恋爱这件事里，一样都没体现出来。恋爱观完全是等着天上掉个白马王子，拨开层层荆棘，发现有她这么一个公主，然后相亲相爱过一生。可是，你被荆棘包围了几十层，哪个白马王子能看见你呀！除非白马王子太闲、太丑、太矬！

七月姑娘一直秉承着"宁缺毋滥"的恋爱观，剩到二十七岁，其实二十七岁不算什么，但是一个新时代的姑娘，直到二十七岁没谈过恋爱，没有过初吻，是不是有点"惊为天人"？七月姑娘还算是一个聪明美丽、拼搏上进的姑娘，各方面条件都不差，要不因为她是我妹妹，我都会觉得她一定有什么不为人知的怪癖毛病。

仔细想想，七月姑娘被如此剩下来，是掺杂了各种各样的原因的。上学的时候，虽然心中有青春期的萌动，有过喜欢的人，但是为了读书，为了考研，就把自己内心的冲动克制下来了。跳过了大学这一阶段，毕业之后，相对来说，就没什么机会单纯地谈恋爱了，会考虑到男生性格怎么样、职业怎么样、年收入如何、能不能买车买房等等。考虑到这种种因素，就会遇到各类不同的奇葩状况，而且，七月姑娘遇到的奇葩男特别多！！

　　七月的这位学长就叫他 A 君吧，在学校的时候，是学生会主席，比她高两届，是她一度暗恋过的学长。但是，学长那时候有女朋友了，所以七月姑娘就一直憋在心里从来没表白过，虽然也会做一些小女孩的花痴举动，平安夜送个苹果啦，愚人节趁机发个表白啦，明面上却一直没有表白过。当时学长对她的态度，我不太了解，但学长女朋友对她的态度，她倒是跟我说了一些。

　　女生天生第六感就很强嘛，谁觊觎自己的男朋友，那看一眼还不明白个七七八八。所以，学长的女朋友是禁止学长和七月姑娘来往的，吃饭在食堂里碰见打个招呼，都得瞪一眼。七月姑娘自尊心这么强，当然慢慢就放下，跟学长疏远了。

　　唉，人生有时候就是这样，十年河东，十年河西，风水轮流转。七月姑娘在职场上已经拼得有模有样，外加形象也慢慢变漂亮了，学长突然回头来找她。学长毕业之后跟女朋友还维持了两年，后来分手了，据说是学长嫌女方太能花钱，喜欢买奢侈品。

　　学长跟七月姑娘联系，再也不是当年学生会主席的傲娇姿态了，俨然变成了超级大暖男，一天三遍，早中晚问安，嘘寒问暖，关怀备至。七月姑娘开始当然是高兴至极啊，曾经暗恋的人突然回头来找她，说明心里也是有她的嘛，而且现在姿态又放得那么低，也算是扳回了当初在学校受伤的自尊心。只是这位学长，电话里嘘寒问暖了一个月，从来没有明确表态过要七月姑娘做他女朋友。

七月姑娘问我："你说，我这学长，天天也不明确说点什么，他到底想干什么？"

我说："要不你直接问他，要不要处对象，处就处，不处就拉倒，别整天这么暧昧不清的。"

七月姑娘一脸质疑地说："他一个男人都不说话，我一个姑娘这么直接说，多没面子啊！"

好吧，在我的建议之下，七月姑娘主动约了学长见面。虽然说，姑娘主动约男生，有点说不过去，要我就直接 say goodbye，才懒得跟你闲扯呢。但是，考虑七月姑娘的处境呢，还是见一见，行就皆大欢喜，不行也斩了当年的情丝，毕竟大家都这么忙，何苦浪费彼此的时间呢。

于是，七月姑娘见了学长回来的当天晚上，跟我说的第一句话就是："这个学长已经不是当年的学长了，我们是不可能在一起的。"

我问："怎么就不可能在一起了？"

七月说："我们现在都已经踏入社会了，学长的观念还是一点都没变，还是那么乡土。你看他已经在国内某互联网公司年薪几十万了，住的地方还是五环以外的郊区，坐完地铁还要转公交。中午请我吃饭的地方，虽然菜点了挺多，但是小饭馆环境又脏又差，还是只有大学的时候才会去的那种小店，我觉得吃了一肚子地沟油。同样花两百多块钱，我宁愿去KFC、吉野家这样的店，随便吃点什么都行。"

噗哈哈哈，听她抱怨完，我真是忍不住想笑，"年薪几十万还不错啊！住的地方，吃的东西，这不算大毛病，真要是在一起都是能改的。"

七月姑娘一脸坚定地说："不不不！我是觉得他太土了，他都在社会上工作这么多年了，我不是说会花钱才好，就是对生活品质应该有要求了。就说他住的地方，每天来回那么远，他又不是很穷，刚毕业租不起房，为了省几百块钱住远点可以理解，年收入几十万都舍不得往五环内搬一搬吗？难道时间不是成本吗？"

好……此处吐槽，省略一万字。

可以说，这是毕业之后七月姑娘第一次见学长，心中的形象已经完全崩塌，觉得他们三观无法一致。但，最致命的一击是，在那之后没几天，七月姑娘收到了学长送来的生日礼物：一个八音盒。

七月姑娘收到八音盒之后，默默哀叹，我在一旁笑得花枝乱颤。唉，一个男人送一个二十七岁姑娘的生日礼物是一个八音盒，想想都觉得好智障。你当年的小学妹已经长大了，不再是抱着娃娃、听着音乐才能睡觉的小姑娘了，随便送个口红都比这个好一万倍！

002

追求七月姑娘的一个同级同学，山东的男孩子，我们叫他 D 君吧。本来 D 君对七月有意，七月也觉得男生不错，只是由于两人相识较晚，表白心意的时机还没到，就面临毕业，劳燕分飞了，加上后来不怎么联系，七月渐渐地也就忘了有这么一号人。

一天晚上，七月姑娘因为工作不顺心，翻联系人想找人随意聊聊天，看到了 D 君，大概是发了句心情抑郁、感慨人生的话。

没想到，第二天中午，D 君给七月姑娘打电话，约她去王府井吃饭。

七月姑娘当时就蒙圈了："你不是在山东吗？"

D 君："我昨天看到了你的留言，就想来看看你好不好，吃完

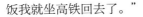

饭我就坐高铁回去了。"

正常人应该很感动对不对？七月姑娘吃完饭回来，心情却极为不悦。

她说："他以为我会感动吗？其实我一点都没有这样想，这个人总是这样莫名其妙，让人捉摸不透，我说了一句不开心，他就连夜坐火车来北京了，也没提前打声招呼。毕业的时候也是，说不联系就不联系了，然后隔一年半年的又出来炸尸，这有什么意思啊。"

或许就是，两个人都知道分隔两地不会有结果，事业上也都有了明确的人生规划，彼此心知肚明没有在一起的可能，所以苗头还没有燃起来就让它自生自灭了。只是既然放弃了，又何必还惦记着，回来吹两口气，不是太甘心，火苗就这么灭了，还要为对方做出一些感人的举动。

要想感动一个姑娘，永远不是靠感天动地的壮举，而是长久温暖的陪伴。

003
◇◇◇◇◇

　　这是一位热心大姐给七月姑娘牵的线，算是一次相亲。

　　相亲男长相不错，身高一米八二，皮肤略黑，浓眉大眼，家里条件不差。只是他刚工作不久，职业还不是很稳定。

　　七月姑娘跟他约在某个商场见面，按七月姑娘的想法，她提前到，先去逛逛街买买衣服，等相亲男来了，再找个咖啡店坐一会儿，万一看不上，也不算白白出来一趟。

　　到了约定的时间，相亲男来了，七月姑娘还没提出来要去哪家店，没想到相亲男说："我们去外面坐一会儿吧。"

　　七月姑娘随着相亲男走到了商场外的广场上，相亲男找了处台阶，扫了扫灰尘让七月坐下。

　　七月愣了一下，原来外面说的就是这里。

　　天色近晚，夏日的余温还让空气里弥漫着闷热的气息，七月姑娘屁股下的水泥台阶上依然留有白天被太阳烤过的炽热。七月姑娘想立马走人，又觉得自己这样不是很礼貌，而且也不好跟热心大姐交代，只好硬着头皮，有心无力地陪相亲男聊天。

　　聊到天已经黑透了，七月姑娘提出来，先去吃个饭吧。

七月姑娘选了一家面馆，想着能吃得快一点，早点结束这次尴尬的相亲。

走到餐厅，坐下来。

相亲男说："周末起晚了，下午刚吃完没多久，我就看着你吃吧。"

七月姑娘再次愣了一下，只好拿菜单给自己点了一碗面，觉得让相亲男干坐着也不太好，就又点了两杯饮料。快餐店都是先埋单，七月姑娘没打算让相亲男付账，很自然地拿了钱包付款。

最奇葩的是，面上来之后，七月没吃两口，相亲男说："看你吃得挺香的，我也来一碗吧。"然后，掏了自己的一碗面钱。

七月姑娘第三次愣了一下，还稍微有点恼火，觉得相亲男刚刚说的不吃是故意的，不想掏她这一份钱，想 AA 制又没好意思说出口。

七月姑娘本来毫不在意这顿饭是她请客还是相亲男请客，因为两碗面加上两杯饮料也就是一百多块钱的事情，只是相亲男这个精打细算的行为让她很生气。

回家之后，七月姑娘一通吐槽，说遇到了一个奇葩，简直不能忍。首先，第一次跟女生约会，能提出 AA 制要求的男生都是掉份儿，要不女生请，要不男生请，谁都不差这一顿饭的钱，不必在意这件事。就算是 AA 制那也是均摊啊，相亲男的举动让她为多掏的那一杯二十多块的饮料钱愤愤不平。

从此以后，周围的朋友张罗给七月姑娘介绍男朋友，她的第一条标准就是：对方必须读过四百本以上的名著。不达到这个标准，其他条件都免谈。

So，七月姑娘从此就跟相亲这条路彻底绝缘了。

004

七月姑娘跟我说她可能要谈恋爱的时候，我表示很惊讶！

七月姑娘在群里跟大学姐妹说她要谈恋爱的时候，群里炸开了锅！

七月姑娘跟我爸说她要谈恋爱的时候，我爸说：哎哟，不容易！

总之，七月姑娘不管跟谁说她要谈恋爱了，大家都充满了好奇：到底是何方神圣赢得七月姑娘的青睐，让这个剩女结束了二十七年的单身生涯。

按照七月姑娘的标准，我们一直都以为她要找的男朋友应该会和她一样，有事业心，或者是个职场精英男什么的，总之是有钱有料又有颜的男人。没想到，七月姑娘最后落到一个相貌平平、身材干瘦、戴着眼镜、看上去很斯文的文青男手里。

文青男第一次约七月姑娘，是因为喜欢同一位作家。第一次约会地点是颐和园，在寒风瑟瑟的冬天里，两个人绕着昆明湖走了大半圈，十公里的路程从喜欢的那位作家开始聊，然后聊胡适，聊鲁迅，聊尼采，聊黑格尔，聊完文学聊哲学，聊完作家聊理想，说不完的话，聊不完的天，寒风也抵挡不住难得遇知己的快意。

七月姑娘说，第一次见面，她对文青男的印象特别好，她一直就喜欢那种瘦瘦的、单眼皮的男生，文青男虽然看上去不是什么帅哥，但是特别像那种有文化的人。最重要的是文青男很细心，第一次约会不仅仅是聊得来，更是很多细节打动了她。

文青男第一次约会提前三十分钟到地铁站，并且在附近踩了点，找到吃饭的地方之后再回到地铁站接了七月姑娘。两个人绕着昆明湖走路，文青男抽烟的时候会让七月姑娘站到另一侧，避开风口。大冬天，又是在湖边，肯定是超级冷啊，文青男会让七月姑娘在阳光很足的地方站一会儿。

第二次约会，文青男约七月姑娘的地点是王小波墓，包里装着各种各样的零食，还有纸巾、湿巾、耳机等。哈哈，说到这里我必须吐槽，我是不懂得文青的浪漫，大冬天的不约个暖和的咖啡店，慵懒舒适地聊会儿天，非要找这些又冷又折腾人的地方。我不是对王小波不尊敬，等春暖花开、天气好的时候再去嘛。如果有男生这么约我，我会觉得他好不可思议！可偏偏七月姑娘就吃这套。自古深情留不住，只有套路得人心啊，少年们！

再后来，文青男经常约七月姑娘出去谈人生、谈理想，下了班之后顺路来接她。他工作在朝阳门，住在回龙观，每天到德胜门顺路来接她，这份诚意也让七月姑娘很感动。不仅如此，七月姑娘加班到九十点钟的时候，文青男就站在大厦底下等她到九十点钟；七月姑娘出去谈工作的时候，文青男就自己在咖啡店找个位置等一下午。

七月姑娘说过一句话：我不知道他是不是对的人，但他一定不是错的人。

文青男研究生毕业就去了一家事业单位上班，工作朝九晚六，业余爱好读书写字，给不了七月姑娘什么大富大贵的生活，却有大把时间尽心照顾她。对于七月姑娘这种天天忙于拼命工作、日夜操劳的人来说，有个人天天挖空心思照顾你，未尝不是件好事。而且文青男符合七月姑娘的第一择偶标准，何止读过四百本的名著，这一点充分满足了七月姑娘的精神层次需要。

其实在我眼里看来，七月姑娘最幸运的是，文青男是真的懂得欣赏她，发自内心地喜欢她，她是类似于"女神"一样的存在。她蓬头垢面的时候他觉得她可爱至极，她用心打扮的时候他觉得她美如天仙，她拼命工作的时候他无比心疼。他理解她的理想，欣赏她的文字。

总之一句话，只要七月姑娘站在那里，他就觉得很美好。

曾经，我不止一次地笑话七月姑娘对爱情保持"宁缺毋滥"的心理，因为我对爱情的理念就是撞破南墙不回头，哪怕鲜血淋漓也要爱得痛快，即便是为爱情犯了傻，走错了路，摔得满身伤痕，那也都是青春里最宝贵的回忆。我很不屑七月姑娘的坚持，说她是浪费青春，浪费时光。她最后和文青男在一起，也稍微改变了我的想法。

正是因为七月姑娘多年的坚持，一直走在让自己变得更好的路上，所以才会遇到一个心里眼里全都只有她的男生。

老爸的爱

001

在我眼里，我爸就是一个郁郁不得志的诗人，一个老愤青，一个脾气古怪又特别可爱的老头。

自我记事起，我爸就一直在外面折腾，家里的经济条件也起伏不定，富的时候天天吃肉，穷的时候我和妹妹一年也换不上一件新衣服。

自我懂事起，印象里老爸做过很多行当。我特别小的时候，他在文化馆工作，后来他开过饭馆、舞厅、滑冰场，但我们家却一直很穷。他赚的钱永远不够花，而且一屁股外债。做生意赚钱了，没多久又去干别的，然后再赔钱。

偏偏我爸是一个爱交朋友的人，人脉关系网遍布各地，这也跟他早年办杂志、搞诗歌创作有关系。我爸是那种特别要面子的人，不管谁来找他，一定要好酒好菜，热情款待。用我阿姨的话说，他总是打肿脸充胖子，哪怕兜里只剩一百块钱了，也要把钱全都拿去买酒买肉。记得《三国》里周瑜去找鲁肃，鲁肃让下人把他身上的貂裘拿去换酒招待周瑜，看到这里我就觉得鲁肃真是跟我爸一个性格。

小时候，我一直觉得老爸是一个很厉害的人，十里八村的人不管遇到什么事情找他，他一定能帮别人解决。有人在工地干活受伤，找他去跟人打官司，多要一些赔偿费啦；村里通知收一些费用，问他这些收款合不合理啦；家里孩子毕业论文写不好，让他帮忙指点一下啦；甚至每年春节都有很多人拿着红纸在我们家排队等着，让他写对联。我觉得老爸最厉害的是，他跟村里的那些人不一样，他会写诗、写小说，爱读书，上学的年轻人都要来我们家里借名著看，而且他见过大世面。

印象里他总是夹着黑色公文包隔三岔五地去北京、上海这种大城市开会，回来就绘声绘色地给我们讲大城市车水马龙的繁华生活，也必定会给我们带一些城里的吃食。那时候我对大城市的生活是没有概念的，只觉得那是一个好地方，因为老爸说那里的龙虾一个能装一整盘，鱼都是海里的，我们这地方是没有卖的，等等。小时候但凡有好吃的地方就是好地方，肯定没错。

我爸的梦想是自己写的诗可以登上《诗刊》，写的小说可以登上《小说月报》，所以我们家里除了书以外，这两种刊物是最多的。他每一期都买，每一篇都读，但是投给这两大刊物的稿件却如石沉大海。

002

父母在我们很小的时候就离异了，当时我六岁，妹妹四岁。

我爸妈，在当时的八十年代，都是文学爱好者，参加了同一个写作培训班，当年他们以文会友、鸿雁传书了一年多之后，我母亲千里迢迢从东北南下来跟父亲见面。

之后没多久他们就结婚了，爷爷奶奶杀猪宰羊，大办酒席，父亲四面八方的文友都赶来庆贺，据说当年场面声势浩大，百桌宴席。

我母亲是朝鲜族，两个人因热爱文学牵上了姻缘，一时之间他们的结合在当地被传为佳话。之后他们开始办杂志、办沙龙，登上了广播、电视、报纸，在当地算是小有名气。

后来，他们终究还是离婚了，其中缘由，我和妹妹都只是听大人们说了一些。长大之后想想，他们地域不同、民族不同，又都是性格好强之人，在一起生活必定会出现各种问题，两个人对于文学的共同追求，终是敌不过日日柴米油盐中的鸡零狗碎。

自母亲走后，我们就一直跟着父亲长大。但是，在我十六岁那年，我选择了北上去寻母亲。那一年，我才清晰地知道，我的妈妈到底长什么样子。这十年里，我努力地回想过很多次母亲的样子，却终究只是个模糊的面貌。即使这些年里，她一直给我们写信、寄钱、寄衣服、寄照片，但是"妈妈"这个词对我来说一直都是陌生的。即便我看着她的照片，还是无法想象出一个生动的人到底是什么样子。

妈妈再婚的消息，是爸爸去市里开会，从其他文友那里得知的。

我记得很清楚，那年我上初一，晚上回家吃饭的时候，爸爸回来了。他看见我，说的第一句话是："丹丹，你妈妈结婚了，她再也不会回来了。"说完，他就泪流满面，我和妹妹跟他一起围坐在炉子前痛哭。

我不知道他们为什么离婚，我唯一知道的是父亲依然很爱母亲，他一直期待有一天母亲还会回来。母亲走后，父亲为她写了很多很多的诗。他不在家的时候，那些诗我都翻出来看过，看过很多遍。

有一年我还发现了父亲的日记本。我记不清那年是十几岁，但是我记得很清楚，我就站在书桌前一页一页地翻，眼泪一滴一滴地往下掉，新的泪痕砸到很多年以前已经被风干了的泪痕上。

这是母亲刚离开时，父亲记的日记。每一天他都在写，有的时候甚至白天一篇晚上一篇，那些思念、痛苦和悔悟全都在日记里，那些被泪水浸湿的字，让我看了尤为心疼。我甚至能切身地感受到父亲那些日子暗无天日的心情，阳光透过窗户打在桌子上，空气里有随着光飘浮的灰尘，让我觉得看这个世界有点模糊。我脑子里一直在想，母亲到底是一个怎样的人，她为什么要离开这么爱她的男人？我想不明白。母亲在我的脑海里早已没有清晰影像，每当我想到她时，都只是个人影，看不清脸庞。那时我分不清爱恨，也不知道有妈妈的孩子和没有妈妈的孩子到底有什么区别，只是在那一刻心里对母亲的离去有了确切的恨意。

父亲每一年都为母亲写诗。但是，十几年过去了，母亲在几千里以外，从来不曾知道父亲为她做了这些吧。在我十六岁的那一年，我去找母亲的时候，就把父亲的诗拿给她看了，结果却出乎我的意料。母亲脸上的表情是感慨，是叹息，却唯独少了一些我心里期盼的遗憾和感动。

那一刻，我似乎有些明白了，爱情真正的残酷是什么。离开的人早已释怀，守在原地的人寄予的无尽等候，都只是痴心妄想而已。更现实的是，谁过得优越，谁就会先遗忘，念念不忘的人大多过得比原来惨。

十六岁的我太天真了，两个人不管有多少曾经，那都是太久远的从前了，如今他们都各自有了自己的新生活，除了孩子是两个人之间仅有的联系，其他的什么感动和思念都只剩往事如烟了。

003

在北京某天失眠的夜里，我闭上眼睛冥想，在我的脑海里，我最开始的、最久远的记忆是什么。我不记得我先开口叫的是爸爸还是妈妈，也不记得我什么时候学会了走路，学会了跑，但是关于父亲的身影却一直像一条线一样在串联我的记忆。

片段一：我能想起来最久远的第一次记忆，是三四岁的样子。父亲带我去街上，那天买了什么，做了什么，穿的什么衣服，天气如何，我都不记得。我只是记得那个画面，他伸出手来，我钩住他的一根手指头，一步一步跟跟跄跄地跟着他走。

片段二：我记得母亲在的时候，每天傍晚，母亲做好饭，我就跟她一起站在路口，等着父亲从镇上下班回家吃饭。天色渐渐暗下来，父亲会拎着公文包，从远处缓缓向我们走来。

片段三：父亲和母亲频繁地争吵打架，母亲把自己用木棍反插在屋子里。她蹲在水泥地上用玻璃片划了自己的手腕，流了很多血。当时我爸拼死命地踹门，我也在，我们可以通过门缝看到她在屋子里的举动。现在，母亲的手腕上依然有很深很长的疤痕。

片段四：很小的时候，父亲半夜因为想到离去的母亲，坐起来俯首痛哭，我和妹妹不明所以，看见父亲哭，我们就一起跟着他哭。这样的时刻，似乎有很多次。

我想起了很多遥远的回忆，都是和父亲有关。但我却是不擅长对父亲表达感情的人，我和父亲的对话以及做事，都是非常独立的，小的时候从来没有撒娇要赖让父亲给我买漂亮的衣服玩具之类，长大了受了什么委屈，有什么困难，也从没想着找他撒娇诉苦。我所有的人生决策他都不强加干涉，就算是后来他很反对我和 K 先生在一起，最后也还是顺从了我。相比之下，我倒是很羡慕妹妹，她有点不高兴的事就给父亲打电话，求安慰，求开导，见面的时候会搂搂胳膊，做出父女之间亲昵的动作，而我却做不出这样的举动来。

我对父亲的爱是隐忍的，因为我了解他从年轻到年老经历过多少孤独和无助，所以我从没想过抱怨他，在他贫穷的时候，在他瞎折腾的时候，在他再婚的时候。我对他的感情就是理解、支持和维护。

004

K 先生和他父亲正式上门去我们家提亲。

那天晚上大家聊到很晚，要结婚嘛，是值得高兴的事。

后来大家都散了，各自回房休息，父亲一直坐在客厅的沙发上未走，神情黯然。

我问他："怎么不去睡觉啊？"

他说："就这么要把你嫁出去了……"

后面他没有再继续说下去。听到他说这句话，我差点泪奔，但是煽情的话却不想多说，只是催他："快回去睡吧，婚期还得大半年呢。"

我这个人一直都是这样，心里都明白，但不是很想进入那种特别正经的模式，徒增心力和伤感。但是，这里我要说一句，爸爸，我很爱你，不管我是嫁了人，将来有了孩子，有了自己的家，我永远还是你面前的小孩儿。

005

我爸特别喜欢在 QQ 空间晒他写的诗，然后每天都会关注有多少人给他点赞。

点赞的人多了就喜不自禁乐呵呵的，点赞的人少了，就不高兴。

他埋怨说："我这首诗写得不好吗？俗！都看不懂我的诗。"

我们就配合他：写得好着呢！他们根本不懂诗。

后来我建议他发在豆瓣上，总比 QQ 空间的平台大多了，天天守着好友点赞也没啥意思。然而，我教了他无数遍，他依然不会更新豆瓣日记，每次都给我打电话，让我帮他更新。

一天到晚工作忙得要死，还要惦记着给他更新日记，不更新就打电话骂人。

"你在搞什么？有这么忙吗？马上给我更新，我都有五百多粉丝了，还得涨涨……"

在这里贴两首老爸写的短一点的诗：

爱就爱到死

我站在黎明的跟前

捡起一根棍

倒过来，捅开自己的心

这一夜火热水深

是月亮从窗口跳进来

卡住了你我

掌心对着掌心

我要把所有的黎明按住

摁成一个黑夜

在这个夜里

你我，身心不分

等你千年

你在那等了多少年

我泪浸着指丫掐算

山上的草枯了二十次

坡上的花开了二十遍

月亮，弯弯圆圆，圆圆弯弯

你走出了阎王殿

闯过了鬼门关

退回了奈河桥

披上了嫦娥的裙衫

我，站在路口等你

你，依然是昨天

对，这么煽情的诗，是他老人家写的。至于多少年前写的，我就不清楚了。

其实，我不太想打击他，跟他讲现在人的阅读趋势，告诉他诗歌这种东西早就没有人看了。反而，我每次都说好、写得太好了。他这么大年纪了，还能坚持做自己喜欢的事，有什么不好的呢？

006

老爸是一个禁不住人家夸他的人，如果别人想求他帮忙，只要说两句恭维他的话，他马上就和颜悦色，去帮人家做事。

比如，我们镇上的学校要写个校史，校长去找我爸，说他是整个镇上最有文采的人，这事只能请他帮忙，请他吃饭。我爸就乐呵呵地答应了。

回来他就跟我们炫耀说：你看，校长都来找我写校史，那么多老师他不用，他得来找我。

我们就问：不给钱呀？

我爸说：你们啊，太俗！

我们倒是习惯了，他一直都是这样不求回报帮人家做事。

007

2009年，老爸听说现在年轻人都在网站上更新小说，就非要自己写一部小说，让我到起点网给他更新。

问题是，他那会儿不会用电脑，每次都是手写稿子寄给我，然后我帮他录入再帮他发到网站。如果我工作忙，没有及时帮他更新，他就会跟我生气。天啊，一章五六千字，我打字要两个小时，还不准人家怠慢一下。

起点网给他发来签约合同的时候，他特别高兴，因为后面的文章就得付费阅读了。没想到的是，几个月过去了，他一共也没收到几块钱分红。

这下把他刺激得不行。我说，现在年轻人都不读这种正统文学的小说了，现在都流行玄幻啊，穿越啊。

我爸说，中国文学都被这些败坏了，什么玩意儿，那些文章我看都不看一眼。

从此以后，他再也不嚷嚷着要去网站写小说赚大钱了。

不过好的是，那部小说后来参加了省作协的小说大赛，得了奖，总算有个安慰。

008

K 先生第一次来我们家之前，想到面对我爸，就特别害怕。本来，我爸就不同意我们在一起，K 先生又听说他脾气不好。

没想到的是，K 先生来我们家住了好几天，我爸都是很亲和，没跟 K 先生有过一次正儿八经的聊天。K 先生在我家紧绷的神经就开始放松了，初次来就像自己家一样，该吃吃，该喝喝，一点都不拘谨。

K 先生拽着我说，你看你，平时把你爸说得那么吓人，我看叔叔人特别好，很和蔼可亲嘛。

K 先生走了之后，我爸才坐下来跟我说：

"你们哪，既然坚持在一起，这几年过去了，我也不多说什么了。K 这个孩子，来我们家待了几天，为人我还是很喜欢的，看得出来很正直、善良、活泼。虽然还不是很成熟，不过男人过几年就好了。"

我说："爸，你是不是一直在观察他呀。我还以为你要给他上课，没想到你都没跟人家仔细聊正事，我怎么觉得你一点都不重视我呢。"

我爸说："他一来，我就跟他说，我把闺女交给你了，你要好好对她，不行我就打断你的腿，那他还能表现出最自然的样子吗？我就是不想看他装模作样地讨好我，这样我才能更了解他。"

真替 K 先生捏把汗，幸亏他没表现出二货的一面。

老妈的爱

001

    在决定去东北找母亲的时候，我十六岁，在那之前我从来没有出过我们的镇子。

    放寒假的时候，离春节也不太远了，父亲在外地还未回来，爷爷奶奶担心我会走丢，苦口婆心地劝说我，不让我走。爷爷奶奶其实更担心我，以为去找了母亲我就再也不会回家了，我心想怎么可能，只是说服不了他们。

我从爷爷的床底下偷偷拿走了一百块钱，在一个凌晨偷偷走了，送我走的人只有妹妹，她哭着看着我坐大巴车远去。那时候，她觉得我走了之后，她就会很孤单无助了吧。

　　我不知道那时候的倔强来源于什么，只是觉得这种生活过够了。虽然我只有十六岁，我受够了亲戚邻居对我们家的指指点点，甚至经常有人冷嘲热讽地问我："丹丹，你想你妈妈吗？""丹丹，你爸要给你娶后妈了。"当然我对那些大人也毫不客气，总是毫不留情面地给怼回去，而那个向我提问发难的大人也总是会很窘迫地站在一群闲聊的人里，毕竟他不能跟我一个小孩子一般见识。

　　那时候我觉得我永远永远都不会原谅这些讨厌的大人！我将来要挣很多钱堵住他们的嘴，要让我爸、我们家扬眉吐气。而那个时候，我是没有什么力量的，唯一能想到的办法就是去找母亲，毕竟听说她过得很不错。

　　我记得很清楚，攒的零钱加上偷来的一百元，当时全部的财产只有一百五十元。我不知道我的钱能不能让我顺利地到东北，那时没有网，还没有办法提前查到车票多少钱。我没有坐过客车、公交车、火车，这一路的行程，我显得尤为笨拙。

　　绿皮火车，徐州到长春，票价九十八元，行程二十二个小时。

我看着火车从有着麦苗的绿色平原一点点滑向光秃秃的压着雪的田地、低矮的房子、炊烟袅袅的房子，一路向北，我觉得东北的树木长得比我们平原上的更加粗犷，冬天的颜色也更加灰暗。我要去找我的母亲，但我不确定她会对我如何，不确定那里的亲人会对我如何，一路上既兴奋又不安。在这二十二个小时里，我只是偶尔趴在桌子上眯一会儿，大部分时间都是清醒的，我看着火车外的树木、田地、群山、城市和灯光，一直没有办法安心地睡觉。

002

我出站的时候，母亲一眼就认出了我。她直接把我抱在怀里，嘴里说着：都长这么大了。

这么多年来我们第一次相见，并没有什么抱头痛哭、喜极而泣的情景，母亲只是一路上特别开心地拽着我回家，问询我家里所有人的情况。而触及我温暖的感动却是，我弟弟。

弟弟六岁，是个长得很漂亮的小男孩，他特别天真可爱地说："你就是我的亲姐姐吗？"然后他拉住我的手，让我牵着他走路。那时候母亲对我极为热情，但我对她是有距离感的，只是弟弟的举动让我觉得最亲近、最温暖。

当天晚上，母亲把舅舅们、姨妈们、哥哥姐姐们都请来吃饭，做了一大桌子菜，叙述的无非就是当年她和我爸发生的事儿，以及为什么她要离开我和妹妹。

对于母亲的歉意和愧疚，我心里并没有特别大的波澜，因为我没有真正地怨恨过她，相反我不希望她对我觉得很愧疚。

不管父亲和母亲他们在我面前抱怨对方什么，把离婚的过错都要说成对方导致的，这些对我来说一点都不重要。我希望他们各自都能过得好，希望我和妹妹能过得好，就算一家人分崩离析、各自为安，只要不继续活在无尽的痛苦挣扎、被生活压迫的绝望里，就好。

003

在东北，我才真正了解了什么是冬天：是一望无际的白雪，是冰冷刺骨的寒风，是河水冻成三尺厚的寒冰。

在我们老家，雪下完，第二天就会化掉，最多不会超过两天。而这里的雪，路边成垛成垛地堆压着，路上依然有很厚的雪层，而这些要到春天来了，五月份的时候才会化完。一旦新下雪，政府会派车往路面上撒盐，有的地方甚至是用铲车除雪。

母亲带着我和弟弟去市里玩，是从冰封的大河上穿过去，卖雪糕的商贩直接把雪糕按品种一摞摞地铺在地上，随人们挑选，绝对不会化。而且冬天的雪糕比夏天好卖，因为家里烧的炕太热了。

母亲住的屯子里百分之九十的人都是朝鲜族，见面说话也基本上都是朝鲜族语，我一开始最不习惯的是晚辈见到长辈要弓腰低头问好。

我姥姥说，我小时候跟母亲来东北，姥姥天天带着我玩儿，那时候我是会说朝鲜族话的，但是我却一点印象都没有了。后来，相处久了，我才能渐渐地听懂一些朝鲜族基本的常用语。

后来整个屯子开发成了新区，母亲搬到了市里居住，也开始做生意。在此之前，母亲的生活并没有我想象中的那么优越。

004
∞∞∞

事实上，母亲并没有再婚，她只是遇见了一个男人，因为种种原因，无法在一起，而她怀孕了，却要义无反顾地生下来，就算是她独自抚养。

当母亲跟我说起这些的时候，我不觉得她对我爸爸或者我和妹妹做出了可耻的背叛，我很心疼她。虽然我也曾嫉妒，她为什么可以为弟弟承担这些，却没有把这份爱给我和妹妹。

母亲是在长春的一家餐馆里认识的L先生，据母亲说当年她很伤心地离开了父亲，回到东北找了家饭店做服务员。这天，来了一桌人，其中有一个男的调戏母亲，说了一些轻浮的话，还拉拉扯扯的，坐在不远处另一桌的L先生看不过去了，上来喝止。（就是电视剧里常有的狗血剧情，确实是真实发生了。）

于是，调戏母亲的这一桌男人和L先生的那一桌男人杠起来了，扬言谁比谁厉害、谁要弄死谁之类的。最后结果是，L先生找人把那桌人治得服服帖帖，调戏母亲的那个男人更是被打得卧床十来天。

L先生出身良好，独生子，在事业单位上班，算不上富裕，但吃穿不愁，三十来岁一直未婚，从小教育良好，还能弹得一手好钢琴。他英雄救美般地救了母亲之后，还经常来餐馆吃饭，找母亲说话，变相地追求母亲。

母亲当时是被吓到了，这么好的一个男人来追求她，而她是离过婚的人，她第一时间想到的就是躲，就把餐馆的工作辞了，去舅舅商场里卖咸菜的档口帮忙。

L先生去餐馆没有找到母亲，但是记得母亲提过舅舅居住的位置，虽然在市里，却是一片低矮的居民区，L先生就挨家挨户地找，敲了所有住户的门，才找到了母亲。

　　从此以后，他每天都会过来给母亲帮忙，因为要做各种咸菜：要切的、要刮皮的、要撕的……特别多。母亲知道L先生从小就养尊处优，哪干过这些活，但他每天乐此不疲，还亲自动手给母亲做了一些小工具，比如小铁钩，这样母亲就不用手撕桔梗了。因为做咸菜，每天都要跟水打交道，择菜、洗菜，冬天的时候母亲的手脚都冻坏了，L先生就买各种药膏和取暖的东西给母亲用。慢慢地，母亲就被感动了。

　　母亲第一次去L先生家，才觉得L先生生活得真是好啊。在那个年代，冰箱、洗衣机、彩电，不是每家人都有的，但是L先生家什么都有，而且L先生的爷爷奶奶、父亲母亲给他留了好几套房产。

　　L先生的父母知道他们交往后，毫无疑问地强烈反对，因为他们的儿子绝对不能找一个底层又离过婚的女人结婚。我姥姥知道母亲又找了个汉族的男人，也是强烈反对。姥姥觉得母亲的第一次婚姻失败就是因为找了个汉族男人，她就是拼死也不能再让母亲嫁给汉族男人了。

母亲离开的时候，L先生还不知道母亲怀孕了，一直等到弟弟出生以后，L先生才知道自己有个儿子。而这时候，L先生已经和父母安排的女孩结婚了，同样都是在事业单位上班。

母亲说，她不怪L先生的父母和姥姥当年的阻拦，也不怪L先生辜负了她。她之前毁了一个家庭，抛弃了两个孩子，现在上天又给了她一个孩子，就是天赐的礼物，从此她的生命就有了寄托。她可以不再要男人，不再组织家庭，只想着凭自己的努力，把孩子养大。

005
<><><><><>

一个五十多岁的人，到现在还怀揣着一颗少女心，我也不知道我妈是如何做到的。

她喜欢颜色鲜艳的衣服，喜欢花，最喜欢的作家是三毛，一生都渴望像三毛一样浪迹天涯。不高兴的时候就喜欢打电话"叨叨叨"，心里一点都藏不住事儿。

感觉我妈是典型的双子座性格，有时候还挺分裂的，一天能有一百个想法，飘忽不定，不听人劝，最重要的是表达欲强烈，完全不听别人讲话。

你跟她聊天的时候，只要微笑再加上几个词"嗯，啊，是这样，对，是吗"，就可以跟她来一场完美的灵魂对话。用我弟弟的话讲，她打个出租车，家里祖宗三代加上儿女都在哪儿、干什么，都跟人家司机叨叨完了。（我们不止一次地制止她不要什么都跟人家聊，这样不好还危险，每次她都答应，但是好像一直都没有改。）

比如我陪她去买个菜，就称菜的工夫，她都能跟老板叨叨：哎呀，这是我闺女，从北京回来的……我就在一旁扯她衣服，让她不要再讲了。事后，我说："人家根本就不关心你闺女，只关心你买了几把青菜好吗？"我妈说："那咋啦，你没看老板还夸你好看呢。""我好看还用别人夸吗？哼！"（双手抱头，无语。）

平时老妈给我打电话，你只要听她讲话就行了，不时地配合她几声，她就会一件一件事地跟你说。大姨家的哥哥结婚了，媳妇是干吗的；小姨家的闺女要嫁人了，贼能作，拍个婚纱照都跑三趟韩国了；今天打了一个鸡蛋，是个三黄的，老神奇了！（你不专心听讲，就完全跟不上她的节奏。）

好吧，她讲完也不给你讲话机会就挂掉电话。当然，我也是尽量少跟她提什么事儿，要不然，我说一句"最近失眠……"这话题就开始了；你呀，要好好吃饭，不能为了减肥就老吃拍黄瓜，这样就会缺营养……对，要补营养……去买点红枣，买些鸡肉啊排骨啊，炖炖汤……鸡肉要选……给你寄的韩国电饭锅还好用吗？吧啦吧啦……（妈，我错了！）

006

我妈手机里面有超级多的照片！有明星，有非主流，有古风，有我们姐弟仨，有自拍，有美食……她也超级喜欢玩空间，超级喜欢跟人家分享她一天都干了什么，超级在意有多少人给她点赞！

最重要的是，她隔三岔五地就喜欢晒我们的照片，大多数都是从我们朋友圈"偷"来的图，然后就在她空间里叨叨"我闺女怎的了……我儿子怎的了……"这就算了，她还会翻一些我们几年前的照片啊！哪个姑娘看几年前的照片不觉得自己丑啊？这也算了！她还会发一些她自己偷拍的照片，啊啊啊，那角度丑得我都不敢看我自己！还绝对不会给你美颜！还发在空间里沾沾自喜。妈，你是真不知道你闺女脸多大、腿多短吗？好想哭……

有一阵，我特别反对她什么事都发在网上，啥都说，真的啥都说，后来想想，算了，她每天有点事儿做也没什么不好。我妈比我还离不开手机！

　　后来，我把她朋友圈干脆屏蔽了，眼不见心不烦。但是，她的空间每隔一段时间我还是会进去看一看，看她最近发了多少照片、吐槽了多少事儿！

　　对了，我老妈的网名叫"天涯女人"，不知怎么我老是能联想到"天涯歌女"，所以，我就劝她改名字。她不听啊！因为她喜欢三毛，喜欢那种漂泊的感觉！（醉醉的，但是我仔细想了想，作为人，我们不能轻视别人喜欢和向往的事物，所以改名这事就算了。）

007

　　我妈特别爱干净，就是那种典型的朝鲜族女人，恨不得一天到晚都拿着抹布在房间里擦擦擦，各种犄角旮旯，一个都不落下。

　　她来北京看我和妹妹。第一天，先把冰箱塞满，然后就各种收拾，并且嫌弃我们过得糙，地毯要换一张好看的，窗帘也不够鲜艳，盘子碗这么少，来个客人都不够吃饭的。叨叨完，她再跑到商场各种买买买。

然而，最重要的是，她骨子里那种朝鲜族男尊女卑的观念比较强，总是唠叨我，让我对 K 先生温柔一点，女人要多疼男人才有福气，老是跟男人耍脾气不好。

真是不知道 K 先生给我妈灌了什么迷魂汤，我妈总说一看到 K 先生就开心，我说可能是 K 先生长得比较逗吧。哈哈。

后记：谢谢你，让我爱你

在遇到 K 先生之前，我都不知道自己是一个集多种性格于一身的女神经。遇到 K 先生之后，仿佛困在自己身体里的小怪兽觉醒，终于打开了二十多年来自己的正确使用方式。在他面前，有时候是唯我独尊的霸道女王；有时候是低能幼稚的傻白甜；有时候是蛮不讲理的泼妇；有时候是小鸟依人的小女子；有时候还是个恬不知耻，会用各种方式调戏男朋友的女流氓。

我自己想想都觉得不可思议，和 K 先生在一起之后，之前我所有出现过的、没出现过的，或者一直隐藏在内心里的人格都展现得淋漓尽致，没有隐藏，没有伪装，没有迎合，不用费尽心思地想着要为他变成什么更好的人，也不用煞费苦心隐藏自己不好的一面，我最好的和最坏的甚至是疯疯癫癫的，都可以毫无保留地展现给他看。

我也从来不怕他会烦、会厌倦，吵得天翻地覆，闹得鸡犬不宁，想做什么就去做什么，这是 K 先生给我的底气，不管我做什么他都不会走（对呀，我就是仗着你喜欢我，才肆无忌惮），同样不管他做什么，我也没想过要离开他。

我承认，在 K 先生面前，我是一个比较能"作"的姑娘。长期以来，因为 K 先生的忍辱负重，欺负他已经成为我的某种惯性。其实，我自认为自己不是能言善辩的人，但是不知道怎么回事儿，在 K 先生面前讲起歪理来，那叫一个伶牙俐齿，不管谁对谁错，一定要让他接受我的观点才肯罢休。而 K 先生呢，是一个脾气暴躁的直男，你让他干活他有使不完的劲儿，你让他跟你对质，三两句话就会语塞，说不过别人就会急得抓狂。说来我还是有点变态心理，还挺享受这种感觉：我坐在原地纹丝不动，只要动动嘴皮子，就会把他气得炸毛。哈哈哈，每到这种时候，我都在内心 OS：这么多年了，一点长进都没有，能不能练练嘴皮子，老子真的好想跟你痛痛快快吵一架啊。

我跟 K 先生说："我时常觉得我做错了，不该乱发脾气、刁蛮任性，因为一点小事情就跟你吵架。"

K先生宠溺地拍拍我的脑袋说："好，认识到自己的错误就行。以后……"

"以后……我也不会改，而且下次我还这样。"

K先生把手势改为点着我的脑袋说："滚……"

然后，我俩就会莫名其妙地抱着对方大笑。

朋友说，有的时候真的看不懂我们两个人，莫名其妙就生气了，然后莫名其妙就和好了，还真是每对情侣都有自己的相处方式。对此，我表示很认同，喜欢一个人或许就是因为这些外人看不懂的、只有你们彼此能心领神会的时刻才会觉得更加默契。

你说的梗，他立马就明白了；

你难过，他知道是什么引发了你的情绪；

出去吃饭，他会挑你喜欢的菜点；

他知道你的习惯，了解你的脾气，知道你的底线在哪里、生气了该怎么哄。

这些小小的默契，慢慢就变成了大大的陪伴，谁都再也离不开谁。

在青春最美好的年华里，遇见 K 先生，也曾担忧会把时间浪费在一个没有未来的人身上。

后来想想，正是 K 先生给予我的一切幸福、挣扎和等待，才让我的人生有了酸甜苦辣的意义。

我特别感谢 K 先生的，不是他有多爱我，对我有多娇惯；而是，因为 K 先生，我有幸可以毫无保留地去爱一个人，我可以卸掉在所有人面前的伪装，做真正的自己。

写完这本书，我内心还是很忐忑的，不知道读者会不会喜欢。从一开始我就跟编辑说，我们的恋爱日常真的是很平常，我不是什么白富美，K 先生也不是什么霸道总裁，也没有什么惊天动地、轰轰烈烈的爱情故事，我们只是普罗大众情侣中的一对。我们会发生日常情侣间的矛盾，比如吵架、冷战；我们会为红尘俗世挣扎，比如买房、买车；我们都不是完美的另一半，都有自己的坏脾气、臭习惯。

我们都是大千世界中的平凡个体，只是遇见了那个爱你至极的人。

写给亲爱的你

写给十年后的我们

图书在版编目（CIP）数据

全世界还有谁，比我们更绝配 / 大表姐丹丹著.——
成都：天地出版社，2018.3
ISBN 978-7-5455-3457-3

Ⅰ.①全… Ⅱ.①大… Ⅲ.①随笔—作品集—中国—
当代 Ⅳ.①I267.1

中国版本图书馆CIP数据核字（2017）第312932号

全世界还有谁，比我们更绝配

出 品 人	杨 政
著 者	大表姐丹丹
责任编辑	杨永龙 欧阳秀娟
封面设计	弘果文化传媒
电脑制作	刘 宽
责任印制	葛红梅

出版发行	天地出版社
	（成都市槐树街2号 邮政编码：610014）
网 址	http://www.tiandiph.com
	http://www.天地出版社.com
电子邮箱	tiandicbs@vip.163.com
经 销	新华文轩出版传媒股份有限公司

印 刷	北京中科印刷有限公司
版 次	2018年3月第1版
印 次	2018年3月第1次印刷
成品尺寸	140mm×190mm 1/32
印 张	8.5
字 数	138千字
定 价	38.00元
书 号	ISBN 978-7-5455-3457-3